Sonntage eines Großstädters in der Natur

Curt Grottewitz

Januar.

Mitten im ärgsten Winter spazieren gehen, bei Frost und Schnee? Sie sind wohl nicht ganz – gesund, Herr Tanzmann? So oder ähnlich hatte er es oft gehört, wenn er für den Sonntag alle Zusammenkunftspläne in der »Goldenen Traube« abgelehnt hatte, um seinen gewohnten Spaziergang ins Freie zu unternehmen. Im Sommer zwar hatte er Begleiter genug, denn in der warmen Jahreszeit waren seine Freunde, wie die meisten Berliner, gern bereit, einen großen Ausflug mitzumachen. Sobald es aber wieder Herbst wurde, und der Nordwest die Blätter und den Sommerstaub um die frierenden Ohren der Menschen wirbelte, hatten die Freunde genug und taten nicht mehr mit. Herr Tanzmann wunderte sich darüber, denn ihm brachte jede Jahreszeit neue Reize. Nicht einmal im strengsten Winter setzte er aus. Ja, er freute sich auf seine Spaziergänge im Januar genau so wie auf die im heitersten Sommer. An Hitze und Frost, Regen und Sonnenschein gleich gewöhnt, war er einer jener Glücklichen, die absolut wetterfest sind, denen das Wetter nie eine Freude verdirbt.

Also am Sonntag früh gleich nach sieben, als die Nacht noch auf den Straßen der Stadt lag, brach er auf. Der Himmel aber war schon hell, im Westen stand die blasse Scheibe des Vollmonds, und im Osten leuchtete schon das lichte Orangerot der noch unter dem Horizont verborgenen Sonne.

Es wird ein schöner Tag, Sie sind ein Glückspilz, Herr Tanzmann! sagte er zu sich in der guten Laune, die er immer hatte, wenn er früh hinauswanderte. Kalt war es freilich auch genug, jene windlose Kälte, die sich wie ein starrer Druck über den Erdboden legt. Fast hätte Herr Tanzmann sich einen Ueberzieher gewünscht, aber er konnte sich nun einmal mit diesem »Möbel« nicht befreunden. Er ging also einen viertel Meter schneller in der Sekunde, um sich an das Klima, das von dem seines Nachtlagers erheblich abwich, zu gewöhnen. Mit einer Verwünschung Berlins, das den Menschen weich mache wie eine Teerose, bestieg er den Zug und dampfte hinaus.

Schon unterwegs Sah er, daß außerhalb der Millionenstadt alles ganz weiß beschneit war. Das war ein Triumph für Herrn Tanzmann. Einerseits war es ihm überhaupt lieb, einem richtigen Wintertag mit Eis und Schnee entgegen zu gehen, und dann bot es ihm reichlich Stoff zu allerhand Betrachtungen über Berlin, das sich immer das Zentrum von allem dünkte und doch nur eine kleine Welt für sich war, ganz anders als die Welt da draußen.

Vor allem aber hat es ganz den Zusammenhang mit der Natur verloren, das wird sich noch rächen!

Zunächst freilich rächte es sich, daß Herr Tanzmann am Fenster stand, als der Zug plötzlich still hielt. Er verlor nämlich das Gleichgewicht und fiel einem alten Mütterchen in die Arme, wobei er ihr den Hampelmann zerdrückte, den sie für ihr Enkelchen von Berlin mitgebracht hatte.

Herr Tanzmann erstattete der Alten den Groschen für den Geknickten; dann stieg er aus und betrat kurz hinter der Station den Kiefernhochwald.

Aller Aerger, alle Nörgelei war vergessen. Nun war er mitten drin in der Natur. Die braunen Stämme der Kiefern erschienen ihm wie stolze Säulen, ihre graugrünen Nadelkronen wie die Wölbung einer einzigen großen Halle, die sich endlos in die Ferne erstreckte. Und auf dem Boden lag der weiße Schnee, der sich wie ein gleichförmiger Teppich unter den Bäumen dahinzog.

Die Morgensonne strahlte von der Seite hinein in diese einsame Halle und beleuchtete die braunen Stämme mit einem rötlich gelben Licht. Dieser Kiefernwald, der Stolz der Mark, erschien ihm jetzt, wo die Baumriesen sich von der ebenen Schneedecke so wirkungsvoll abhoben, imposanter, einsamer, erhabener denn je. Es war ihm, als müßte Winter sein, um diesem norddeutschen Sandwalde seinen ganzen melancholisch großartigen Charakter zu geben. Und die Krähen, die er jetzt von der Krone einer dickstämmigen Kiefer aufscheuchte, schienen ganz zu diesem Bilde zu passen. In plumpem Fluge zogen die düsteren Vögel krächzend über das Nadeldach des Waldes.

Eine Strecke weiter hin wurde das Terrain etwas unebener. Hier mochte wohl der Boden nicht aus reinem Sande bestehen, vielleicht barg er in den Unterschichten sogar Spuren des fruchtbaren Lehms. Die Bäume, reichlicher genährt, waren hier noch größer, noch stattlicher als zuvor. Es mochte an dieser Stelle wohl auch etwas feuchter sein. Denn die immergrünen Lederblätter der Preißelbeere und die kahlen Zweige der Blaubeeren ragten hier verhältnismäßig üppig aus der weißen Schneedecke hervor. Hier und da tauchte auch ein schlanker Wachholderstrauch wie eine phantastische Säule auf. Herr Tanzmann trat an einen dieser treuen Kiefernbegleiter heran und suchte nach den Beeren, die sich zwischen den dornigen Nadeln des Strauches befinden mußten. Er sah sie mit Schmunzeln an, die grünen sowohl, die erst nächstes Jahr reifen sollten, wie die blauen, welche die Wachholderdrossel ebenso sehr liebte wie die Frau Tanzmann, das heißt, die Mutter des Herrn Tanzmann. Sie machte daraus einen würzigen Likör, – o heiliger Mampe, war der gut!

Nun stapfte er durch die rostbraunen Farnkrautwedel und kam hinab an einen Bach. Mit einem Schlage hatte sich die Vegetation hier geändert. Der Bach hatte sich, wohl im Laufe ungezählter Jahrtausende, hier eine breite Talrinne ausgewaschen, in deren unterster Sohle er sich in vielen Windungen dahinschlängelte. Die Feuchtigkeit, die er dieser Rinne mitteilte, ließ die Trockenheit liebende Kiefer hier nicht aufkommen; dagegen begünstigte sie das Gedeihen einer Menge von Laubpflanzen, die, sonst überall vom Menschen schonungslos verfolgt, hier am Bach eine gute Zufluchtsstätte finden. Zwar boten diese Sträucher und Bäume nicht das anmutige Bild wie im Sommer, wenn sie, mit Laub bedeckt, das Wasser des Baches überschatteten. Aber Herr Tanzmann konnte auch jetzt, wo sie ihre kahlen, mit vertrockneten Hopfenranken umflochtenen Aeste in die reine Winterluft ausstreckten, jeden genau unterscheiden an Farbe und Gestalt und sonstigen Eigenheiten. Er ging den Bach entlang an den rötlichen Erlensträuchern, deren dicker Grundstamm genau darauf hindeutete, daß sie der Nachwuchs eines alten Riesen waren, den man gefällt hatte. Er kam an Haselsträuchern vorüber, deren männliche Kätzchen, schon im Herbst vorgebildet, vielleicht schon im nächsten Monat ihre Blüten entfalten würden. an verschiedenen Weiden, an dornigem Brombeergestrüpp vorüber, an dem noch vereinzelte rotgefrorene Blätter hingen, an Hartriegel, Kreuzdorn und einigen anderen Sträuchern, die sich aus dem artenreichen Urwald früherer Zeiten herübergerettet hatten in die Gegenwart.

Ja, ja, lieber Herr Tanzmann, sagte er zu sich, so werden auch Sie vergehen und von Ihnen wird bloß noch übrig bleiben der moderne Mensch, der geborene Groß-Berliner, der unter der Aufsicht des Schutzmannes im sechsten Stockwerk seine chemisch präparierte Sonntagsstulle (mit amerikanischem Bratenschmalz) ißt! Ja, ja, Sie werden sehen, Herr Tanzmann!

Die Bachrinne erweiterte sich schließlich zu einem größeren Tale. Da dieses sich über das Niveau des fließenden Wassers wenig erhob, so war es ohne Zweifel Wiesenland, dessen Gras von der Schneedecke heute ganz verhüllt war. Er erkannte es auch an den niedrigen Werftweidensträuchern, die hier und da zerstreut standen. Ehe er von dem Bach, der das Land quer durchschnitt, Abschied nahm, brach er sich von jeder Strauchart ein paar kurze Zweigspitzen ab. Die steckte er zu Hause in ein Wasserglas, wo sie bald austrieben, jedes auf seine Weise. Das war dann ein Vorgeschmack des Frühlings im Februar: flaumige Weidenkätzchen, stäubende Hängeblüten von Haseln und Erlen und maigrüne Blätter die Menge!

Dann ging Herr Tanzmann am Wiesenrande entlang. Nun war er von Wald und Bach in das große Bereich des Landmannes gekommen. Er sah die gewöhnlichsten Bodentypen des märkischen Landes vor sich. Da war zunächst die Wiese, bei welcher der hohe Stand des Grundwassers nur noch den Anbau von Futtergräsern und Kräutern ermöglichte. Dann kam etwas höher gelegenes Land, unzweifelhaft schwarzer Schwemmboden, auf dem die Kartoffeln und der Roggen, die landwirtschaftlichen Haupterzeugnisse des märkischen Bodens, in nicht zu nassen Jahren recht gut gedeihen mochten. Das Land war durch halbmetertiefe Gräben drainiert, um das überschüssige Wasser leicht abzuleiten. Jeder Morgen Landes war von dem anderen durch einen solchen Graben getrennt, schnurgerade einer wie der andere, ein Bild des Fleißes und der Nüchternheit, der Ordnungsliebe und der Einfachheit des ländlichen Lebens in der Mark. Als er auch an diesem Gebiet vorübergegangen war, gelangte er auf trockenes Land, den echten märkischen Sand, auf dem der Roggen nur zu oft weder Korn noch Stroh gab, und wo die Kartoffeln vertrockneten vor Dürre. Unter den Strahlen der höher steigenden Januarsonne war hier auf diesem jederzeit warmen Boden der Schnee fast ganz geschmolzen, und die Wintersaat, ungleich aufgegangen, lag da wie ein weiter grüner Teppich.

Als er nun auf demselben Terrain noch einige Meter höher stieg, befand er sich auf einer öden Steppe, die von schwarzem Moos und Algen überzogen war. Hier herrschte eine traurige Unfruchtbarkeit. Einige verkrüppelte niedrige Kiefernbüsche, die in weiten Abständen von einander zerstreut lagen, zeugten von dem mißlungenen Versuche, dieses unwirtliche Land aufzuforsten. Herr Tanzmann scharrte mit seinem Fuße auf dem lockeren Boden, er traf auf Kies, der mit Sand durchsetzt war. Und nun bemerkte er auch in einiger Entfernung mehrere große, mannshohe Granitblöcke, die von den großen Gletschern der Eiszeit aus Skandinaviens Bergen hierher getragen waren, ebenso wie der Kies, der nun den Boden zur Unfruchtbarkeit verdammte.

Ja, ja, seufzte Herr Tanzmann, da haben wir nun den schwedischen Schutt wie einen Alpdruck auf unseren Fluren. Na überhaupt die Eiszeit! Hier ganz Norddeutschland, das einst gebirgig gewesen sein mag wie Thüringen, gleichförmig mit Geröll und Sand zu überschütten, daß man bis an die Knöchel drin versinkt! Saperlot, dazu gehört eine Ungeniertheit! Hätten sie doch den Grus lieber behalten und uns ein Hochgebirge hergeschickt. Das wäre ein

Gaudium für Sie, Herr Tanzmann, Sonntags mit dem Rucksack auf die Felsen zu klettern und das Alphorn zu blasen statt der Radauflöte!

Nun wanderte er weiter über das Oedland und jagte dabei einen Hasen auf, der selbst auf diesem ebenen Boden noch eine Lagerstatt für sein bescheidenes Gemüt ausfindig gemacht hatte. Und jetzt fuhr Herr Tanzmann plötzlich zusammen, als ob eine Rakete vor ihm abgebrannt worden wäre. Dicht vor seinen Füßen war ein Volk Rebhühner mit jähem, knallartigen Geschrei ausgeflogen.

Da schlag' aber einer drein! rief Herr Tanzmann empört, entweder man jagt sie oder sie jagen einen. Hätte ich einen Schießprügel unterm Arm gehabt, so wären sie sicher schon vor zwanzig Minuten ausgeflogen; so aber bleiben sie, warten, bis man heran ist und machen: puff! Das nennt man dann Anpassung. Jawohl! Frechheit ist es, Mangel an Respekt vor einem einsamen Sonntagswanderer!

Herr Tanzmann mußte sodann noch erleben, daß die Rebhühner nach kurzem, schwerfälligem Fluge kaum hundert Meter von ihm entfernt wieder in das Oedland einfielen. Offenbar hielten sie ihn für sehr unschuldig. Er aber ging geraden Wegs nach dem kleinen Dorfe, das mit seinen schwarzen Baummassen und weißverschneiten Dächern in einer Bodensenkung lag. Die Sandwege, die in das Dorf mündeten, waren in vollständig verwahrlostem Zustande. Die Gräben, wo es solche überhaupt jemals gegeben hatte, waren mit Flugsand ausgefüllt und nur auf Viertelstundenentfernung stand hier und da ein verkrüppelter Baum. Halbmetertiefe Furchen in den Sandwegen zeugten davon, wie beschwerlich es sein mußte, hier einen schweren Arbeitswagen durchzubringen, und wie oft mochte da ein Rad, eine Achse brechen!

Ja, ja, sagte Herr Tanzmann. Das ist ein richtiges märkisches Dorf. Wenn man darin ist, geht's; wenn man aber in der Nacht hinaus will, bei Finsternis und hohem Schnee, dann tappt man im Kreise umher wie die Maus in der Falle, und wer kein Nansen ist, der hat zum letzten Male in seinem Leben geflucht!

Vor dem Dorfe standen am Straßenrande einige weißstämmige Birken und verwilderte Sauerkirschen, auf deren Hängezweigen eine Schar Grünlinge saßen. Und nahe dabei stand eine Gruppe von Akazien, die Herr Tanzmann mit ehrfürchtiger Liebe begrüßte, die alten amerikanischen Proletarier, die trotz Hasenfraß und Sonnenbrand und trotz Winterfrost und Steppensand so kernig aushielten und so flink und unverdrossen emporwuchsen, als ob sie just für märkischen Boden geschaffen wären.

Es ist einfach nichtswürdig, sagte Herr Tanzmann, auch bis hierher ist die kurzsichtige Raubwirtschaft schon gedrungen. Da wüten sie drauf los mit Axt und Säge. Eichen und Linden gibts schon nicht mehr. Anständige Obstbäume hatten sie nie, die Walnußstämme verkaufen sie nach Württemberg, um Gewehrkolben daraus zu machen. Und die Nachkommen werden vollends im Sande braten. So muß es aber kommen. Die Akazie ist noch die einzige Hoffnung, die läßt sich nicht so leicht totmachen. Und einen Baum muß es doch geben im märkischen Lande. Woran soll man sich sonst hängen, nachdem die übrige Natur ausgerottet ist?

Februar.

Es war ein milder trüber Tag, an dem Herr Tanzmann diesmal seine Schritte hinaus ins Freie lenkte. Der Himmel war gleichfarbig grau, und die Luft so dicht mit Wasserdampf gesättigt, daß der Horizont wie mit Nebel verschleiert lag, und die Feuchtigkeit sich auf die Kleidung und den grimmigen Bart des Herrn Tanzmann setzte.

Das ist schon die Frühjahrsüberschwemmung, sagte dieser gelassen. Heute Maiwärme und morgen Eis und so fort ein Vierteljahr. So ist das nun in unserer gemäßigten Zone. Man kommt nicht von der Stelle. Verwünscht gemäßigte Zustände bei uns!

Er schritt jetzt zum Ufer eines langgestreckten Sees hinab, wo die hohen, dürren Schilfstengel eine stille seichte Wasserbucht dicht überzogen hatten. Der See lag, mit anderen Seen eine weite Wasserkette bildend, im Innern einer langen Thalniederung, welche, an ihren tiefsten Stellen mit Wasser ausgefüllt, in das große Spreethal mündete. Diese Niederung schnitt tief in das Land ein, und ihre Längsränder, die an einigen Stellen kilometerweit von einander entfernt waren, mußten die Uferwände eines ehemaligen recht bedeutenden Wasserlaufes sein, der seine Fluten in das freilich noch beträchtlich breitere Strombett der alten Spree gewälzt hatte.

Schade, sagte Herr Tanzmann, von all der Wasserherrlichkeit nur noch ein paar armselige Seen und die paar Flüßchen, wie die Dahme und die Spree, in deren ausgetrocknetem Flußbett jetzt Groß-Berlin Seehafen-Träume hegt. Jawohl, als die einzige sichere Erbschaft von dem alten Spreestrome haben wir nur noch den modderigen, wackeligen Untergrund, den Hausschwamm und die Ratten!

Als er am See-Ufer entlang ging, bot sich ihm die Gelegenheit, einen Blick in die Erdzusammensetzung des ehemaligen Stromrandes zu tun. Es befanden sich in jener Gegend eine Menge Ziegeleien, deren Schächte wie steile Felsenschluchten tief in die Erde eingegraben waren. An ihren Wänden konnte man deutlich die Lagerung der einzelnen Erdschichten erkennen. Es waren verschiedenartige Zonen von Sand, Kies, Lehm, Mergel und Ton, alles Produkte der großen Eiszeit, welche nordisches Steinmaterial hierher geführt und mannigfach umgeändert hatte.

Herr Tanzmann sah es zwar als eine besondere Böswilligkeit der Natur an, daß sie den sterilen Sand obenauf gepackt und den kostbaren Ton gerade nach unten vergraben hatte, aber er ergab sich drein, da er es doch nicht ändern konnte. Zum Glück für ihn fand er eine Strecke weiterhin die Erdverhältnisse mehr nach seinem Wunsche. Dort breitete sich neben dem See eine Wiese aus, deren dürrgelbe Grasfläche von kleinen Gruben hier und da unterbrochen war. Die Wiese war zwar jetzt außerordentlich naß, so daß Herr Tanzmann sie nicht zu überschreiten wagte. Er kannte diese moorigen Seewiesen, die mit ihrem schwankenden Boden selbst im Hochsommer kaum zu betreten waren. Eine dieser Gruben lag jedoch ziemlich nahe am Rande. Ihre schwarzen Wände bestanden aus einem guten recht sandfreien Torf, der ein sehr molliges Heizmaterial abgeben mochte. Man konnte in dem Torfe noch deutlich die Pflanzenüberreste, selbst große Wurzeln und Baumstämme erkennen, die einst auf dieser sumpfigen Wiese gewachsen, umgefallen und dann in den kohlenartigen Zustand übergegangen waren. An den oberen Rändern der schwarzen Wände wurde die Erde moorig. und aus dem Moor ragten die Wiesengräser und Kräuter hervor, die jetzt eine winterlich gelbe Farbe zeigten.

Da können Sie sehen, Herr Tanzmann, sagte der Wanderer zu sich, wie die Kohle früher gewachsen ist. Ganze Wälder versumpften und wurden unter Gestein und Schutt begraben wie da drüben der Ton. Das schwere Gewicht preßte sie zusammen zu einer harten Masse, während unser neuzeitiger Torf nur seicht eingebuddelt und deshalb eine schwammige, leichte Ware ist, wie alles Moderne.

Das Wasser, das in der Torfgrube stand, war fast ganz mit einer dünnen, grünen Decke von Wasserlinsen bedeckt, kleinen Pflänzchen, deren ganzer Leib aus einem einzigen linsengroßen Blatte bestand. Herr Tanzmann dachte bei ihrem Anblick an die Frau Tanzmann, seine Mutter, oder noch mehr an ihre Enten, die diese Wasserlinsen höher schätzten, als Recht und Gerechtigkeit, und jeden Morgen heimlich ausrückten in den Wassertümpel, wo man sie ohne Stulpstiefel und die Gefahr, im Moore zu versinken, nicht herausbringen konnte. Und die Frau Tanzmann stand dann wie eine Henne, die Enten ausgebrütet hat, am Teichrande und lockte und lockte und schrie sich heiser: Hüle, Hüle, Hüle! Die »Hüleken« kamen aber nicht, sondern blieben bei den Wasserlinsen und hielten große schnatternde Reden, bei denen freilich auch nichts herauskam.

Herr Tanzmann ging um die Wiese herum und kam zu einer Stelle, wo die alte Talwand dicht und ziemlich steil an den jetzigen Uferrand des Sees heranstieß. Hier machte der See ein Knie, hier war er auch tief, während an dem gegenüber liegenden flachen Ufer gelbes Schilf wieder auf eine stille Bucht mit seichtem Wasser hinwies. Ohne Zweifel wurde die Uferwand von der Wasserströmung auf der steilen Seite immer weiter abgerissen und der abgeschwemmte Boden nach den schilfigen Stellen des Sees getragen. Herr Tanzmann konnte ganz genau erkennen, wie sehr der See Seit der jüngsten Erdepoche bis auf die Gegenwart das umliegende Gebiet verändert hatte. Da an einer Seite hatte er viele Morgen Landes angespült und der angeschwemmte Boden war sofort als Wiese, an der oberen Seite sogar als »Kohlgarten« in Anspruch genommen worden. Dagegen hatte der See an anderen Stellen sich redlich Mühe gegeben, den Ackerboden hinwegzureißen.

Was doch die Natur für ein alter Revolutionär ist, sagte Herr Tanzmann, hier reißt sie ein und dort spendet sie wie ein Verschwender. Man hätte sie längst eingesperrt, wenn man das dazu nötige Geld nicht für andere ähnliche Kulturzwecke brauchte!

Eine Strecke weiterhin war der Seerand mit Gebüsch bewachsen. Weiden, deren schneeweiße Filzkätzchen bereits zur Hälfte aus den dicken Knospen hervorlugten, gemahnten schon an den kommenden Frühling. Ueberhaupt konnte Herr Tanzmann zu seiner Freude sehen, daß bereits das erste Leben in die Natur zurückkehrte. Hier und da regten sich auch an anderen Bäumen und Sträuchern die Knospen. Eine gigantische Schwarzpappel, die an einem zum See führenden Wege stand, und eine graustämmige Espe, die mit ihren Ausläufern ein wüstes Gesträuch bildete, hatten ebenfalls bereits ihre dicken Blütenstände hervorgesandt.

Das ist der allererste Frühling, sagte Herr Tanzmann. Der kommt noch vor dem Vorfrühling. Aber von dem weiß nur der Neunhundertneunundneunzigste von Tausend. Und nur wer so ein alter Zukunftsspintisierer ist wie Sie, Herr Tanzmann, hat seine Freude daran mitten in der Winterleere des Februar.

Unter dem Gesträuch befand sich ein breiter Schneeballstrauch, über und über mit knallroten Früchten behangen, die sich vom Herbst her gut durch den Winter gerettet hatten. Der Heckenrosenbusch, der daneben stand, hatte dagegen seine Hagebutten bereits fast alle abgeworfen oder den Vögeln abgegeben. Herr Tanzmann konnte nur noch zwei davon erbeuten. Er sah sie an, drückte die Kerne heraus und ließ die fleischige Schale zwischen den Zähnen verschwinden, eine Leidenschaft, die er noch von der Zeit her hatte, wo er bei der Frau Tanzmann wohnte, seiner Mutter, und ein tüchtiger achtjähriger Galgenstrick war. O, wie oft war ihm dann ein solches verwünschtes kratziges Härchen, mit denen die Fruchtkerne eingehüllt waren, im Halse stecken geblieben, Dann war guter Rat teuer. Frau Tanzmann empfahl: Wasser trinken, aber das Härchen kratzte weiter, dann empfahl sie: ein Stückchen »Brotkirste« essen, aber das Härchen kratzte weiter in Herrn Tanzmanns Kehle. Erst wenn sie mit der großen Flasche Himbeersaft aus dem Keller hervorkam, wurde das Härchen und der junge Herr Tanzmann sanftmütiger.

Nun ging er schnellen Schrittes weiter an einem kleinen Graben entlang. Dieser verband den See, den er eben verlassen, mit dem anderen, zu dem er sich jetzt wenden wollte. Da, wo der Graben in den zweiten See mündete, stand ein kleines, einsames Gehöft. Eine schwarze Baummasse umrahmte die kleinen Gebäude aus Fachwerk und Lehm. Die Dächer waren mit dem Schilf gedeckt, das der Besitzer des Hofes selbst aus dem See geschnitten und auf seine Gebäude gelegt hatte. Herr Tanzmann kannte ihn, es war sein alter, lieber Freund Mewis, der hier, eine halbe Stunde von dem am jenseitigen Ufer liegenden Dorfe entfernt, sein Land in altgewohnter Weise bebaute.

Mewis stand gerade im Garten und schnitt mit seinem blitzenden Taschenmesser an seinen Obstbäumen herum, und zwar gründlich. Als er den Wanderer kommen sah, setzte er das Messer ab, steckte es schnell ein und rief fröhlich hinüber:

Kiek mal, der Herr Tanzmann ! Na nu, Du oller Junge?

Daran erkannte Herr Tanzmann, daß sein Freund noch der Alte geblieben war, im übrigen hatte er daran sehr gezweifelt, da er ihn inmitten einer Anpflanzung junger, geradstämmiger Obstbäume sah, die er offenbar, aller ländlichen Gewohnheit zuwider, aus einer Baumschule bezogen hatte.

Menschenskind! rief ihn Herr Tanzmann an.

Ja, sagte Mewis, die habe ich mir voriges Jahr zugelegt. Ich will doch mal sehen, ob's nicht mit dem Obstbau geht.

Und hast die Bäume da in den Sand hineingescharrt, was?

Na, versteht sich, wohin denn sonst?

Mewis, Mewis, sagte Herr Tanzmann, Du bist noch gerade so dumm, wie vor Jahren, als ich das letzte Mal von Dir ging.

So? sagte Mewis.

Gibst Du Deinen zwei Pferden Sand zu essen, gibst Du Deinen drei Kühen (oder wie viele Du jetzt hast) Sand, gibst Du Deinen Schweinen Sand?

Das ja gerade nicht, sagte Mewis kleinlaut.

Und Deinen Bäumen willst Du Sand geben, Du nichtswürdiger Kerl? Da hast Du nun den Seeschlamm vor Deiner Tür und den Schutthaufen mit Kalk und Lehm hinter der Scheune. Und das hast Du Deinen Bäumen vorenthalten! Da kann ich Dir schon sagen, von denen wirst Du auch nicht eine Handvoll Aepfel ernten.

Ja, sagte Mewis, möglicherweise kann das stimmen, die alten Bäume haben auch nie was Rechtes getragen.

Da siehst Du's. Wer was leisten soll, der muß auch was zu essen kriegen. Das ist die erste und letzte Weisheit in der Natur.

Mein Vater, Herr Tanzmann, sagte Mewis feierlich, hat die Bäume auch stets so gepflanzt.

Na ja, daran siehst Du, daß Dein Vater auch nicht klüger war wie Du. Das ist eben das schlimme, Ihr Landbewohner seid noch nicht genug Herren der Natur, Ihr steht noch zu sehr unter ihr, und wir Großstädter, wir sind zu sehr außerhalb von ihr, und das ist freilich vielleicht das allerschlimmste!

Du, Herr Tanzmann, ein Großstädter? Sagte Mewis jetzt mit wachsender Ueberlegenheit. Du, ein Großstädter? Du stammst doch auch aus dem Niederbarnimer Kreise wie wir anderen.

Herr Tanzmann schwieg gekränkt. Sie schritten durch den Garten, in dem bereits die ersten Unkräuter, die rote Taubnessel, das gelbe Kreuzkraut und die Vogelmiere ihre zu dieser Zeit sehr unauffälligen, unscheinbaren Blüten entfaltet hatten. Von einem alten Kastanienbaum ließ ein Finkenweibchen ein munteres Pink-Pink-Pink erschallen. Dann kamen sie an eine kleine, mit Buchsbaum eingefaßte Rabatte, in der die Schneeglöckchen bereits unzählige, zartweiße Blüten getrieben hatten.

Ach, das ist wirklich schön! sagte Herr Tanzmann. Mitten im Februar schon solche Blumen, wie sie der Sommer kaum schöner hervorbringt. Kannst Du Dir denken, Mewis, wie man sich über solche lachenden Frühlingsvorläufer freut, wenn man mitten aus der düsteren Großstadt kommt?

Mewis sagte nichts, sondern pflückte einige der Blumen ab und steckte sie Herrn Tanzmann ins Knopfloch. Damit war der Frieden zwischen beiden wieder hergestellt.

März.

Der Buchenwald vereinigte die Merkmale des Herbstes und des erwachenden Frühlings. Herr Tanzmann stapfte durch das rostbraune Laub, das den Boden mehrere Zoll hoch bedeckte und aus dem die silbergrauen Baumriesen ihre glatten Stämme kerzengerade in die Höhe streckten. Ihre vielverzweigten Kronen waren noch ganz kahl, und wenn man das Gesamtbild dieses Buchenwaldes mit seiner rostbraunen, raschelnden Laubdecke und seinen hechtgrauen, blätterleeren Stämmen auf sich wirken ließ, so bekam man den vollen Eindruck des Herbstes. Aber Herr Tanzmann ließ sich nicht irre machen. Um diese Jahreszeit war er immer sehr poetisch gestimmt und wie ein Spürhund darauf bedacht, die Zeichen des Frühlings zu erspähen. Mit seinem scharfen Blick entdeckte er denn auch sehr bald hier und da ein liebliches, hell veilchenblaues Leberblümchen, das sein zartes Köpfchen auf langem, dünnem Stiele aus der Laubdecke hervorstreckte. Herr Tanzmann betrachtete diese Blume mit besonderer Zuneigung. Sie gab ihm die Gewißheit, daß die Vegetation jetzt mit Macht hervorbrach und sogar schon anmutige bunte Blumen erblühen ließ. Freilich konnte eine Blume, die mitten im dichten Walde wächst, nur zu dieser Jahreszeit blühen, wo die Bäume noch kein Laubdach besitzen, das alles am Boden Befindliche beschattet und erstickt.

Sie sehen daraus, lieber Herr Tanzmann, sagte der Wanderer zu sich, daß man die passende Zeit zum Blühen benutzen muß. Nachher kommt die Finsternis und die Nacht. In Groß-Berlin haben sie es freilich nun soweit gebracht, daß sie auch in der Nacht blühen. Dafür lassen sie aber dann auch am Tage die Köpfe und Nerven welk hängen wie vertrocknete Kohlrüben.

Nun sah er in einem Gebüsch von wildem Gaisblatt auch die zierlichen Anemonen in voller Blüte. Dabei schien die Sonne so mildwarm herab, daß Herr Tanzmann seinen großen Calabreserhut vom Kopfe nahm und sich von den vielen Strahlen bescheinen ließ. Früh war leichtes Frostwetter gewesen, und weißer Reif hatte auf den Fluren gelegen. Aber die Sonne hatte ihn schnell aufgesogen und den Boden weich gemacht. Nun war daraus das lieblichste Märzenwetter geworden, eine weiche milde Luft, die erschlaffte und beglückte, und die Sonne schien in zartem, sanftem Lichte aus dem weißverschleierten Blau des Himmels.

Den wirklichen Eindruck des Vorfrühlings bekam Herr Tanzmann aber erst, als er den Rand des Buchenwaldes erreichte, wo dieser in freies Feld überging. Am Waldrande entlang führte eine breite Fahrstraße mit tiefen grasbewachsenen Gräben. Hier brachen aus dem graugelben Rasen eine Menge grüner Stauden mit den mannigfaltigst gestalteten Blättern hervor. Blüten hatte aber nur das Gänseblümchen, das den Graben mit freundlichen weißen Sternen zierte. Der Waldrand war ein sehr geeigneter Standplatz für eine Menge von Bäumen und Büschen, die im Buchenwalde selbst nicht Licht und Luft genug gehabt hätten und anderswo dem mörderischen Beile des Menschen längst zum Opfer gefallen wären. An dem Waldrande bildeten sie eine dichte natürliche Hecke. Herr Tanzmann konnte bemerken, wie die Knospen von allen diesen Gehölzen schon lebhaft grünten. Die Haselnüsse hatten lange, blühende Kätzchen, und als er mit der Hand an einen Zweig faßte, brach eine gelbe Wolke von Blütenstaub aus den Kätzchen hervor. Ein fesselndes Bild bot eine alte graustämmige Espe, die dermaßen mit chenilleähnlichen Kätzchenblüten bedeckt war, daß die Krone des Baumes wie mit rotbraunen Wollfranzen dicht und phantastisch umwickelt schien.

Den sollte man nach Berlin mitnehmen, sagte Herr Tanzmann, ihn auf der Friedrichstraße aufstellen und jeden raten lassen, was das sei. Wie würden sich die Berliner wundern, daß der Baum nicht aus Brasilien oder aus Japan stammt oder gar aus Kiautschou, sondern von einem Waldrande der Mark Brandenburg.

Von der anderen Seite des Weges her, über den Fluren erklang der unermüdlich trällernde Gesang der Lerchen. Die Tierchen schwebten hoch oben in der blauen Luft in kaum sichtbarer Höhe, und aus ihren Kehlen erscholl es wie ewiger Frohsinn und ewiger Frühling. In den Ackerfurchen liefen geschäftige Bachstelzen, mit den Schwänzchen auf und nieder wippend, dahin und suchten Insekten. Nun erklang auch noch der seltsame Refrain eines Finkenmännchens, das immer wieder aus einen entfernteren Baum der Landstraße flog, sobald Herr Tanzmann in seine Nähe kam. Während der Gesang der Lerchen ein ununterbrochenes Trällern war, sang der Fink eine kurze Melodie und wartete dann eine Weile, um das Liedchen von neuem zu beginnen.

Seltsam, dachte Herr Tanzmann, könnte man nicht wirklich glauben, was die Dichter sagen, daß die Vögel nur dazu da sind, den Menschen Lieder zu singen? Aber am Ende waren in diesem Falle die Dichter prosaischer als die Wirklichkeit. Daß die Vögel Liebeslieder singen, um ihre Geliebten zu betören, das ist ja frech und unkirchlich, aber tief künstlerisch empfunden von der Natur!

Die Fluren, an denen der Weg vorüberführte, waren teils Roggenfelder, deren junge Saat jetzt einem wunderschönen grünen Teppich glich, teils Sturzäcker, deren braune Schollen lange unregelmäßige Linien bildeten. Diese Aecker schienen allen Pflanzenwuchses zu entbehren, als Herr Tanzmann aber näher zusah, fand er die Erde bedeckt mit den unzähligen unscheinbaren weißen Blüten des Hungerblümchens.

Da können Sie sehen, Herr Tanzmann, meditierte der Wanderer für sich, es kommt ganz auf den Standpunkt an. Hält man die Nase hoch, so sieht man nichts als ein leeres Feld, bückt man sich aber liebevoll herab, so jubeln Millionen blühender Existenzen einem entgegen – freilich Hungerblümchen !

An der anderen Seite ging der Wald allmählich in eine gemischte Formation über. Es waren viele Kiefern in die Buchen eingestreut, und diese letzteren waren, da wohl der Boden etwas magerer wurde, weniger stark entwickelt als vorher. Einzelne weißstämmige Birken und Ebereschen standen wie Unkraut dazwischen. In der Ferne hörte er einen Specht an einen Kiefernstamm klopfen. Und jetzt wäre er beinahe erschrocken. Mit krachendem Sprunge hatte sich ein Eichkätzchen von einem Ast zum anderen geschwungen, und als Herr Tanzmann nun in die Hände klatschte, konnte er die Akrobatenkünste des flinken Tieres betrachten, welches fliehend mit wunderbarer Geschicklichkeit von Ast zu Ast, von Baum zu Baume sprang. Als darauf fürchterlich schnatterndes Geschrei in der Luft ertönte, da wußte Herr Tanzmann schon genug, noch ehe er die Radaubrüder sah. Aha, die wilden Gänse – natürlich! Er mußte wieder an die Frau Tanzmann denken, seine Mutter, die von Ende Februar bis Ende März, bei jedem neuen Zug von Wildgänsen sagte: Gieb acht, was ich Dir sage. Nun kommt der Frühling ins Land! Er kam auch jedesmal wirklich, darin hatte sie recht; einmal früher, einmal später. Nun flogen die wilden Gänse, in regelmäßiger Keilform, ein Gänserich an der Spitze, schnatternd über den Himmelsbogen dahin.

Grüßt Andree von mir, sagte Herr Tanzmann, wenn ihr wieder in eure nordische Heimat zurückkehrt, und gewöhnt euch das abscheuliche Schnattern ab, das partout zum Frühling nicht paßt!

Besser paßte dazu schon das Gaukelspiel eines Fuchs-Schmetterlings, den die warmen Märztage zu einem vorzeitigen Ausflug veranlaßt haben mochten. Er schien einer der windigsten Gesellen seiner Art zu sein. Ohne Beständigkeit sah er sich ein paar Gänseblumen am Wegrande an, dann flog er an Herrn Tanzmanns Nase vorbei und dann in weitem Bogen über den Weg und dann war er verschwunden. Er war absolut nicht mehr aufzufinden, obwohl Herrn Tanzmanns Augen ihre ganze Ehre einsetzten, ihn zu entdecken. Ohne Zweifel hatte er sich ins Gras geduckt, die Flügel mit den glänzenden Oberseiten zusammengeklappt, daß er aussehen mochte, wie ein welkes Blatt. Nun sollte ihn einer unter den tausenden von Blättern, die im Grase des Wegrandes lagen, herausfinden!

Beim Suchen im Grase bemerkte Herr Tanzmann, daß auch das kleine Getier schon lebendig geworden war. Schwarze Spinnen huschten über das gelbe Gras, und aus der Oeffnung eines kleinen sandigen Erdhügels trugen kleine geschäftige Ameisen Sandkorn um Sandkorn heraus.

Da wo der Wald zu Ende ging, stand ein altes Försterhaus, mit dem eine Gastwirtschaft und eine Schmiede eine kleine Ansiedelung bildeten. Der Garten des Försterhauses zeigte bereits die ersten Spuren der Bestellung. Er war sauber aufgeräumt und die Beete frisch gegraben. Aus dem schwarzen Erdreich guckten bereits die ersten Blätter der Erbsen und Radieschen hervor, die vor einigen Wochen gesäet sein mochten. Herr Tanzmann mußte lebhaft an seine Kindheit denken, wo er jeden Tag einige junge Radieschenpflanzen ausgerissen hatte, um nachzusehen, ob sie schon eßreif wären. Ehe es aber wirklich soweit kam, waren gewöhnlich die Radieschen zum Entsetzen der Frau Tanzmann schon alle herausgezupft. Sie glaubte dann, die Engerlinge hätten sie abgefressen, setzte die Brille auf, was sie immer bei feierlichen Gelegenheiten tat und sagte: Es kommt eben, wie es kommt. Und kommt nichts, na so kommt eben nichts!

An den Rändern der Beete standen buschige Stachelbeersträucher, die bereits im zarten Grün der Blätter prangten. Die Johannisbeeren waren noch weit zurück, aber auch an den Fliedersträuchern hatten sich die ersten kleinen Blätter aus den Knospentrieben abgewickelt. Das Auffälligste an dem Garten aber waren die schönen blauen Scillablüten und die gelben Krokus; die anderen Zwiebelgewächse, die Tulpen und Hyazinthen, die Kinder wärmerer Gegenden, hatten nur eben erst ihre dicken Triebsprossen aus der Erde gesandt.

Das Försterhaus war mit Epheu umwachsen und von alten hohen Tannen umrahmt, die diesem Heim Sommer und Winter dasselbe malerische, ein wenig ernsthafte Aussehen verliehen. Eine alte ehrwürdige Ulme, die an der Straße stand, und die jetzt blühte, bot mit dem zarten hellbraunen Schimmer ihrer Aeste ein merkwürdiges Gegenstück zu den düsteren Tannen. Herr Tanzmann stand bewundernd vor diesem alten Baume, dessen Krone jetzt, ohne daß sie

Blätter hatte, doch vollständig dicht mit unscheinbaren, aber freilich sehr zahlreichen Blüten besetzt war.

Es ist doch seltsam, dachte Herr Tanzmann, daß niemand unsere Laubbäume zu ihrer Blütezeit malt. Sollten die Maler nie blühende Ulmen und Pappeln gesehen haben, oder sollten sie wissen, daß jeder, der so etwas auf dem Bilde zum erstenmale sehen würde, sagen könnte: Bäume mit rehfarbenen, purpurnen und grauen Blättern! Der Kerl ist wohl verrückt!

In den Zweigen der Ulme führten ein paar schwarz-weiße Elstern ein fürchterlich skandalöses Gezänk auf, so daß die Spatzen auf dem Staketenzaun des Försterhauses aufhorchten und ein paar Rotschwänzchen sich in die Dachluken flüchteten.

Das fehlt bloß noch, sagte Herr Tanzmann entrüstet, daß solches Galgenzeug hier noch die Singvögel und den Frühling vertreibt und entstellt.

Im ersten Frühjahr war er immer sehr empfindlich und verlangte nur leise Tone und leichte anmutige Farben. Es half ihm aber nichts. Kaum war er aus der Ansiedelung hinaus, so vernahm er von neuem ein aufdringliches Schreien und Schnattern. Und in regelmäßiger Keilform, ein Männchen an der Spitze, zog ein neuer Schwarm Wildgänse nordwärts über den Himmelsbogen dahin.

April.

Auf einer Berglehne, die sich beträchtlich über die umliegende Gegend erhob, stand Herr Tanzmann und blickte auf das Land zu feinen Füßen herab. Er sah aber nichts, gar nichts. Er konnte und wollte auch nichts sehen, denn ein mit leichtem Schnee untermischter Regen prasselte unbarmherzig auf seinen eingezogenen Kopf und feinen gekrümmten Rücken herab, so daß das Wasser von der Krempe des Kalabresers und den Zipfeln des Jacketts strahlartig hclass niederfloß. Herr Tanzmann sagte nichts anderes als das eine Wort: Entzückend!

Bei der Gemütsart des Herrn Tanzmann könnte dieses Wort falsch aufgefaßt werden. Er meinte es aber wirklich ganz ernst. Er war gerade au f seinem diesmaligen Spaziergange mit dem Wetter beschäftigt und es entzückte ihn, daß dasselbe sich in den mannigfaltigsten Abwechselungen erging. Frost, Kälte, Wärme, Schnee, Regen, Graupeln, Sonnenschein, ein Gewitterschlag, alles hatte es seit früh 6 Uhr, wo Herr Tanzmann Berlin verlassen hatte, bereits gegeben. Nun war noch Schnee und Regen zusammen gekommen. Kurzweiliger konnte keine Witterung sein. Die Urania-Säulen hatten schönes Wetter prophezeit, die Zeitungen Regen, der Wirt vom Blauen Krug Schnee. Alle drei hatten vollständig recht gehabt in ihrer Art, und Herr Tanzmann konnte einmal wieder konstatieren, daß das Wetterprophezeien eine leichte und Anerkennung bringende Sache ist für die Wissenschaft wie für den Laien, nur darf man nicht unbescheiden sein und glauben, daß die Prophezeiung durchaus in Erfüllung gehen müßte; aber irgendwie und irgendwo trifft die Prognose schon einmal zu, darauf kann man Gift nehmen!

Der Schneeregen wütete weiter. Schwarze aufgelöste Wolkenmassen zogen, vom Westwind gepeitscht, in niedriger Höhe über die Erde hin und verfinsterten den Tag. Dann aber wurde es im Westen wieder hell, und nun sah Herr Tanzmann, wie sich das Ungewitter nach dieser Richtung zu in gerader Linie von dem blau erstrahlenden Westhimmel abhob. Dort unten lachte bereits die Sonne über den Fluren, und das Wetter wich mehr und mehr nach Osten. Ein paar Augenblicke und das Gewölk schüttete die letzten Tropfen auf Herrn Tanzmann, dann zog es schnell davon. Der Wanderer folgte ihm mit dem Blick, wie es schattenartig nach Osten trieb und am Himmel eine breite Wand von regelmäßigen Wasserstreifen bildete. Jetzt erschien das Unwetter ganz klein, obwohl es vorher, während es noch über Herrn Tanzmann herniederprasselte, ausgesehen hatte, als ob die ganze Welt in Wasser, Schnee und Finsternis versinken wolle.

Nun lachte die herrlichste Frühlingssonne am blauen Himmel. Die Lerche begann wieder zu singen, und ein gelber Zitronenvogelschmetterling flatterte suchend umher. Der Wanderer überschaute die Gegend, die bereits im ersten zarten Grün des Frühlings prangte. Auf den Wiesen, die unterhalb des Hügels lagen, war junges Gras hervorgeschossen, allein es stach zu dieser Zeit doch wenig hervor, da jetzt die breiten Köpfchen des Löwenzahn und die offenen Blüten der Sumpfdotterblume den Wiesen ein leuchtendes Gelb gaben.

Aha, sagte Herr Tanzmann, jetzt sind wir im Zeichen des Gelben, in einigen Wochen kommt dann das Weiße, später das Rot. Merkwürdig, daß die Pflanzen solche Masseneffekte lieben. Nichts weiter als Reklame, elendigliche Reklame!

Und als Herr Tanzmann den öden, von noch immer schwarz-braunem Haidekraut bestandenen Hügel hinablief und an die Wiese herantrat, hörte er ein Summen von Bienen und anderen Insekten, die die gelben Blumen umschwärmten. Aha! Da sind die Kerls, sagte er. auf die die Reklame es abgesehen hat. Zum Glück sind die Waren in der Natur wenigstens nicht verfälscht.

Und er sah, wie die Insekten auf den Blüten Platz nahmen, wie sie sich förmlich hinein verkrochen und den Honig aus ihnen sogen, er sah, wie sie dabei mit dem Blütenstaub ihren Körper einpuderten, wie sie zu anderen Blüten flogen. und der Staub dort auf den Narben der Stempel hängen blieb, so daß die Blumen dadurch befruchtet wurden.

Ja, die Natur hat ihre Wunderlichkeiten, sagte Herr Tanzmann nachdenklich. Hier bei den Blumen ist die Verheiratung das reine Geschäft wie bei denen in Groß-Berlin. Die Insekten sind die Heiratsvermittler, und der Honig ist der Kuppelpelz.

An der Wiese standen weißstämmige Birken, die mit dem ersten unendlich zarten hellgrünen Laub leicht behangen waren und in diesem ersten Frühlingsschmuck ein überaus anmutiges wohltuendes Bild boten. Die anderen Bäume, die ringsumher verstreut standen, hatten ihre Blätter noch nicht so weit entfaltet. Aber das Buschwerk, das einen am Hügel hinführenden Fußweg begleitete, hatte sich auch bereits mit einem zierlichen Grün überzogen. Besonders der Hollunder und die Heckenrose hatten schon ihr volles Blattwerk bekommen. Und plötzlich blieb der Wanderer stehen. Ein wunderbarer Veilchenduft erfüllte die Luft. Und nun sah er nahe den Büschen im Grase verborgen die kleinen Blumen, denen es in ihrer schattigen Einsamkeit so wohl zu gefallen schien.

Und ihr, ihr Bescheidenen, dachte Herr Tanzmann, ihr werdet in das grelle Licht und das Gewirr der Großstadt gerissen und zusammengebündelt, einen Sechser das Bukett, an die Herren der Friedrichstraße verkauft. Ja, ja, ein Päckchen Unschuld für einen Sechser, soviel kann man dafür schon ausgeben.

Als er den kleinen Fußweg weiter hinschlenderte, ließ sich von einem nahen Laubwäldchen her der Kuckuck vernehmen. Herr Tanzmann zählte andächtig wie ein Kind die Rufe, indem er an die Frau Tanzmann, seine Mutter, dachte, die das auch immer tat. So viel Rufe, so viel Jahre hat man noch zu leben. Die Frau Tanzmann lebte danach noch sehr verschieden lange. Wenn der Kuckuck über dreißigmal rief, dann sagte sie freilich überlegen, wenn auch mit verhaltenem Glücksgefühl: Nein, Herr Tanzmann, nein, ich glaube es nicht, so lange lebe ich nicht mehr, nein, nein. Wenn er aber bloß einmal rief, dann war das Unglück groß. Du wirst sehen, Herr Tanzmann, dies Jahr gehe ich ein, jawohl, ganz bestimmt! So schwankte sie von Freude zu Trauer, mitunter mehreremal in einem Tage. Während Herr Tanzmann daran dachte, zählte er bereits 51 Rufe. Das war ihm doch zu stark. Er nahm seinen Hut ab und klatschte ihn heftig auf die hohle Hand. Das Geräusch vertrieb den allezeit schüchternen Kuckuck sofort von seinem immerhin sehr entfernten Standorte. Herr Tanzmann sah den dunkelen, taubengroßen Vogel jäh hinwegfliegen und in der Ferne verschwinden.

Im Westen zog von neuem ein Wetter auf. Zunächst lag es als eine schwarzgraue Wand über dem Horizont. Aber allmählich breitete es sich aus und rückte näher herauf, während noch die Sonne in vollem Glanze schien. Man konnte aber schon deutlich die Wasserstreifen des Ungewitters sehen. Es waren gelblich weiße Wolken dabei, die auf nichts Gutes deuteten. Herr Tanzmann sah ganz genau, wie das Wetter heranrückte. wie es einige hundert Meter von ihm bereits regnete und wie die Wolken- und Regenmasse, von einem wütenden Weststurm getrieben, näher und näher rückte und die ganze Landschaft in ihre schwarze Finsternis aufnahm. Herr Tanzmann klappte den Jackettkragen hoch, zog die Krempe des Kalabresers nieder und duckte sich unter einen Hollunderbusch.

Diesmal wird es wieder entzückend werden! dachte er. Es wurde in der Tat entzückend. Das Wetter kam mit Blitzesschnelle heran, die Sonne verschwand, und der Regen prasselte in Strömen hernieder. Man konnte nicht zehn Schritt weit sehen, so groß war das Dunkel, das von dem Unwetter ausging Die Blätter des Hollunderstrauches nahmen die ersten Regentropfen auf, nach kurzem aber ließen sie diese in gesammelter Ausgabe auf Herrn Tanzmann herabrieseln. Bei dem Regen ließ es das Aprilwetter aber nicht bewenden. Es folgten bald Graupeln, Schlossen und kleine Hagelkörner, die so wütend auf des Wanderers Kopf und Hinterseite prallten, daß dieser sich ganz in das Geäst des großen Busches verkroch, um nicht mit blauen Flecken heimzukehren. Trotz alledem konnte er es sich nicht versagen, verstohlen nach dem Treiben des Wetters auszulugen. Die Hagelkörner schlugen mit surrendem Geräusch auf den Boden, der bald mit einer dünnen Schicht weißer Eiskügelchen bedeckt war. Sie waren stark genug, um die Blätter der Gebüsche unsanft anzufassen, zum Glück aber ging der Hagelschauer schnell vorüber, und die Eiskörner zerrannen schnell in Wasser. Darum ließ der Regen freilich noch nicht nach. In Strahlen klatschte er auf den Boden und spritzte zerstäubend ein Stück wieder in die Hohe. An der öden Berglehne rann das Wasser jetzt von verschiedenen Seiten zusammen, bohrte sich Rinnen, die sich wieder vereinten und schließlich einen kleinen Bach bildeten, der gurgelnd herabfloß. Dabei schwemmte das Wasser die Erde mit sich fort, färbte sich ganz trüb und spülte den Sand herunter an den Fuß des Hügels. Offenbar hatte der Regen diese Tätigkeit seit einem undenklichen Zeitraume geübt, denn der Wanderer bemerkte jetzt, daß der Hügel nicht in einem gleichmäßigen Bogen zu den Wiesen herabfiel, sondern vor diesen sich in eine breite, rampenartige Bühne abflachte. Diese Erdbühne, auf welcher sich eben der Fußweg hinzog, war ohne Zweifel der Schwemmsand, den das Regenwasser von dem Hügel im Laufe der Jahrtausende herabgespült hatte.

So flacht sich nun die Erde allmählich ab, sagte Herr Tanzmann zu sich, wenn nicht einmal wieder eine große Revolution eintritt, werden wir nach und nach platt werden, wie eine russische Steppe.

Unterdessen hatte der Regen nachgelassen, das Wetter war wie vorher schnell davongeeilt, und die Sonne strahlte wieder vom blauen Himmel. Blätter und Blumen und Gräser glänzten wie im Morgentau, und von den Sträuchen rollten noch lange schwere Wassertropfen. Der Wanderer schlenderte weiter an den gelbblühenden Wiesen hin. Nach einiger Zeit jagte er einen Storch auf, der mit seinen langen Beinen im Grase neben einem Wiesengraben gestanden und eben einen Frosch verspeist hatte. Der Vogel flog mit lang ausgestreckten Beinen und gewaltig wuchtenden Flügelschlägen davon nach der Richtung, wo die Frau Tanzmann, seine Mutter, wohnte.

O weh, wenn die den Klapperstorch sieht! dachte Herr Tanzmann lächelnd. In dem Punkte hat sie auch einen kuriosen Aberglauben, obwohl sie jetzt 55 Jahre alt ist...

Und weiter ging Herr Tanzmann auf dem Fußwege, zur einen Seite die gelbblühenden Wiesen, zur anderen bald ein kleines Laubgebüsch mit eben ergrünenden Bäumen und Sträuchern bald ein Stück Kiefernwald, in dem die Heidelbeeren eben ihre jungen Blätter bekommen hatten, bald ein saftig grünes Roggenfeld, dessen Halme bereits fußhoch emporgeschossen waren. Schließlich gelangte Herr Tanzmann an einen kleinen, weißglänzenden See, dessen Ufer mit schwärzlich-grünen Kiefern bewachsen waren. Im Uferwasser stand noch das gebleichte dürre Schilf des vorigen Jahres, aber bereits kamen die hellgrünen Sprosse der jungen diesjährigen Pflanzen über den Wasserspiegel hervor. Ein wirres Gespüle von alten Pflanzenstengeln, Bruchholz, leeren Muschelschalen lag am Strande, aber schon schwammen die dicken, keimenden Wurzelstücke des Wasserampfers, junge Pflanzen der Wasserschere und des Froschbisses am Ufer umher. Und zwischen den leeren Molluskenschalen krochen lebende Schnecken in mannigfaltig geformten Arten hin und her. Aus dem Schilf flogen mit viel Geschnatter wilde Enten auf, die nahe am jenseitigen Ufer sich wieder niederließen, sich jagten und bald über das Wasser rauschten, bald in die Höhe flogen in wechselndem Liebesspiel. Ueberall wurden die Spuren des vergangenen Winters durch kräftig sich regende Zeichen des vollen Naturerwachens verdrängt. –

Mai.

Der Weg führte mitten durch einen Laubwald, der im vollsten frischen Frühlingsgrün prangte. Das Heer der Bäume bildete ein dichtes Blätterdach, zartgrün und doch unendlich reich und üppig. Die Vegetation war in vollem Zuge; Fülle und Kraft strömte aus dem Schoße der Natur. Im Wettbewerb um Licht und Luft drängten sich die Triebe der Bäume an einander, so daß die Sonne nur schwer durch das dichte Laubwerke drang und nur hier und da unregelmäßige Lichtflecke auf den grünen Waldboden warf. Da, wo die Sonnenstrahlen den meisten Spielraum hatten, wucherte eine üppige Unterholzvegetation hervor, besonders Haselbüsche und Hainbuchengestrüpp, denen sich kleine Stämmchen von jungen Eichen, Birken und Ebereschen zugesellten. Herr Tanzmann sah sich diese jungen Bäumchen näher an. Es waren furchtbar verkrüppelte Wesen, die durch Hasenfraß und Fußtritte verstümmelt, strauchartig wuchsen und so weiter wachsen mochten, bis ein Stamm des Busches die Oberhand gewann und, zum Baume aufwachsend die Nebentriebe unterdrückte.

Genau wie bei uns! dachte Herr Tanzmann; in der Jugend ein struppig individueller Kerl, den jeder Fußtritt nur noch widerborstiger und energischer macht, und dann im Alter ein aalglatter Herr mit dem einzigen Ausblick nach oben!

Es gab aber auch Ausnahmen, mächtige, knorrige Eichen mit weit ausladenden eigensinnigen Aesten und rauher, harter Borke; Eichen, die ihre stolzen Glieder behaglich und energisch ausstrecken, als ständen sie auf freiem Felde und nicht im geschlossenen Walde. Im allgemeinen trugen die Bäume überhaupt kein einheitliches regelmäßiges Gepräge, uralte Riesen standen neben jungen Stämmen, dicke Linden neben schlanken Eschen. Aber gerade diese natürliche Mischung der verschiedenen Bäume gab den vollen Eindruck malerischer Ursprünglichkeit und das in voller Triebkraft stehende und doch maiengrüne Laub erzählte von neuem sein altes Lied von Jugend, Lenz und Liebe.

Der Laubwald gehörte einer kleinen Stadt, die ihn in früheren Zeiten, wo man die Rente pro Morgen noch nicht so genau berechnete, wild wachsen ließ. Später war der Ort gerade wegen des Waldes eine beliebte Aufenthaltsstätte für Sommergäste geworden und damit hatte dieser in finanzieller Beziehung seine Daseinsberechtigung erwiesen. Diesem glücklichen Umstande verdankte der schöne Laubwald, der sonst wie mancher andere vielleicht längst der Holzaxt anheimgefallen wäre, sowohl seine große Ausdehnung als seinen durch keine »rationelle Forstwirtschast« verschnittenen, wilden Charakter.

Herr Tanzmann schlenderte langsam auf dem Waldwege dahin, der von Büschen begrenzt und von Aesten überwölbt, einem herrlichen grünen Laubengange glich. Mitunter kam er an einer zierlich belaubten Birke vorüber, dann blieb er stehen, um den frischen Duft der »Maienzweige« einzuatmen und eine Weile an die Frau Tanzmann zu denken, seine Mutter, mit der er früher als Kind jedesmal Sonnabend vor Pfingsten ausgegangen war, um Birkenzweige zu holen. Er hatte dann zugleich Kalmusstengel vom Seerande mitgebracht, mit denen sich eine herrliche, von der Frau Tanzmann freilich wenig ästimierte Musik anstiften ließ. Sein Freund Mewis kam extra zu dieser Zeit zu ihm auf Besuch, um zusammen mit ihm zu musizieren. Er schnitzte grandiose Pfeifen aus Weidenrinde und blies darauf noch grandioser und mit einer Ausdauer! —

Die Frau Tanzmann verletzte dann gewöhnlich schnöderweise die Gastfreundschaft und trieb schließlich Mewis wieder nach der Himmelsrichtung, von der er hergekommen war! Kurzum, es war eine herrliche Zeit!

Der Waldweg führte wieder an anmutigen Ebereschen vorüber, deren große weiße Blütendolden einen berauschenden, etwas giftigen Duft ausströmten. Aus dem grünen Grasboden des Weges selbst standen gelblichgrün blühende Wolfsmilchblumen in niederen Buketts, blaue Kerzen des pyramidenförmigen Günsels und schneeweiße Sternmieren in weithin leuchtenden Trupps neben anderen weniger auffällig und vereinzelter blühenden Frühjahrsblumen. Bunte Falter flogen gaukelnd umher in mannigfaltigen Arten und Farben. Und am Boden kroch ein metallisch glänzender Goldschmiedkäfer schnellfüßig über die Grashälmchen dahin.

Der ganze Wald war belebt vom Gesang der Vögel. Buchfinken trällerten unermüdlich ihre kurze Melodie und Schwarzdrosseln und Rotkehlchen sangen in wunderbar modulationsreichen, ausdrucksvollen Tönen. Auch Herr Tanzmann fing plötzlich an zu singen, blieb leider aber mitten in seinem Liede stecken, teils aus Ungeübtheit, weil er nur im Mai zu singen pflegte, dann aber auch, weil er zu hoch eingesetzt hatte, so daß er in Töne überging, die es in der Musik gar nicht gibt und die alle Vögel verstummen machten. So ließ er es lieber sein und wandte sich Dingen zu, die er besser verstand. Er verließ den Weg und betrat das Dickicht des Waldes. Das erste, was ihm auffiel, waren zarte Maiglöckchenblüten, die, aus breitem Grundblatt aufsteigend, einen lieblichen Duft verbreiteten. Er hatte auch das Glück, im schattigen Gebüsch kleine Waldmeisterpflanzen zu finden, pflückte ein paar ab, warf sie aber wieder weg, da sie im grünen Zustande doch wenig dufteten, und auf die Bereitung eines Maitranks war bei den schlechten Zeiten auch nicht zu rechnen. Und als er nun vollends auch noch Morcheln entdeckte, wurde er ärgerlich über all die Leckereien, die hier ohne die Kochkunst der Frau Tanzmann brach lagen. Morcheln konnte sie vorzüglich kochen, sie seufzte aber jedesmal, wenn er ihr welche brachte. Na, das bilde Dir man ja nicht ein, sagte sie dann, daß Du mir damit einen Gefallen tust. Mit den Morcheln ist es gerade so wie mit dem Portemonnaie: Man muß etwas hineintun können, sonst hat's keinen Wert. Was sie nun für Zutaten nahm, wußte Herr Tanzmann zwar nicht mehr, aber etwas Reelles war es sicher, denn die Frau Tanzmann war ein richtiges Naturkind, das alle Surrogate haßte wie die Pest. Und obwohl wenig Geld im Hause war, herrschte bei ihr doch ein gewisser Ueberfluß. Sie wußte die Schätze des Waldes und des Gartens, des Kellers und der Viehställe zu heben, und eben diese praktische Naturwissenschaft verlieh ihrem kleinen Gutshofe einigen Wohlstand.

Herr Tanzmann ging an den Morcheln vorüber und blieb an einer Buschgruppe stehen. Sein scharfes Auge sah auf den grünen Blättern eine Menge der verschiedenartigsten, meistens sehr kleinen Insekten sitzen, die sämtlich grün gefärbt waren. Wäre er nicht mit der Absicht an die Sträucher herangetreten, Insekten zu suchen, er hätte gewiß kein einziges gesehen. Ihre grüne Farbe verbarg sie ohne Zweifel vor den Vögeln, ihren Feinden, denen sie mit Leichtigkeit anheimgefallen wären, wenn sie durch ein anders gefärbtes Kleid von den grünen Blättern abgestochen hätten. Der Wanderer schlenderte weiter durch den Wald, bis er an den Rand desselben gelangte, wo sich ein Dorf unmittelbar anschloß.

Er hatte das Dorf einige Monate vorher gesehen. Da war es ein trostloses Aneinander von kleinen Hütten, schmutzigen Wegen und kahlen, krummen Bäumen gewesen. Jetzt erkannte er es kaum wieder. Der Mai hatte es in einen vollen blühenden Park umgewandelt, in dem hier und da ein idyllisches Häuschen aus dem Grün hervorlugte. Ganz vorn stand ein Trupp dickstämmiger Kastanien, deren runde, breite Kronen mit weißen aufrechtstehenden Blütenkerzen dicht besetzt waren. Die Obstgärten bildeten ein einziges, großes, schneeweißes Blütenmeer, das einen wunderbaren zarten Duft nach bitteren Mandeln ausströmte. Als Herr Tanzmann näher herantrat, konnte er die einzelnen Baumarten deutlich unterscheiden, die kleinen krummen Sauerkirschen, deren Hängeäste mit blendend weißen zierlichen Blüten übersäet waren; nicht ganz so schneeweiß waren die Blüten der Birnbäume, die mit aufrechtem, geradem Wuchs in die Höhe strebten, am wenigsten schön sahen die Pflaumenbäume aus, deren hervorbrechende Blätter dem ganzen Baum bereits einen grünlichen Schimmer gaben. Wunderbar aber leuchteten die großen Blüten der Apfelbäume mit ihrem herrlichen Rosenrot. Auf dem Grasboden bildeten die abgefallenen Blütenblätter einen weißen Teppich. In dem einen Garten rannten ein paar Kinder umher, jetzt schüttelten sie einen jungen Pflaumenbaum, wobei einige Maikäfer jählings herunterfielen. Die Kinder sammelten sie auf und eilten damit zu den Hühnern im Hofe, die sie schnell vertilgten.

Der Wanderer ging die Dorfstraße entlang. In den Hecken blühte der Flieder in lilafarbenen Sträußen. In den Gärten prangten Stiefmütterchen und Vergißmeinnicht neben Aurikeln und roten Hängeherzen, stolze, bunte Tulpen neben weißen Narzissen. Die gelbblühenden Goldbeersträucher und die weißen Spiräen bildeten anmutige Buschgruppen. Auch die Gemüsepflanzen waren in üppigem Wachstum, nur Gurken und Bohnen, die Kinder des warmen Südens, streckten eben erst ihre fleischigen Keimblätter aus dem schwarzen Gartenboden hervor.

Eine Stimmung radikalster Friedfertigkeit breitete sich über Herrn Tanzmanns Gemüt.

Schweigen Sie, Herr Tanzmann, sagte er zu sich, reden Sie nicht davon, daß vieles besser sein könnte! Wunderherrlich ist dieser grüne blühende Frieden im Mai! Wenn die dummen Kerls freilich ein bißchen Verständnis hätten, was für herrliche Sachen könnten sie nicht außerdem in ihren Gärten ziehen! Was hat uns Japan und Nordamerika nicht alles gegeben, was hier trefflich gedeihen würde, was hat uns – doch schweigen wir!

Er schwieg nun wirklich und sah den Schwalben zu, die geschäftig um die Häuser, um Ställe und Scheunen flogen in nimmermüdem, anmutigem Fluge. Mit den zierlichen Gabel-Schwänzchen steuernd, umkreisten sie Herrn Tanzmann in der furchtlosen Zutraulichkeit, die diese Tiere von alters her dem Menschen gegenüber empfinden. Auf den Dächern liefen Tauben gurrend auf und ab, Täuber machten in galanter Aufmerksamkeit den Täubchen den Hof. Und jetzt flog eine Schar hinaus hinter die Gärten über das Feld, wo der Roggen bereits in Aehren ging. Dort drehte die Schar in jähem Bogen um, wobei man einige weiße Tiere im Sonnenschein flimmern sah. Sie kehrten wieder zurück nach dem Hofe, der an einer Seite durch einen morschen Bretterzaun von der Dorfstraße abgetrennt war. Hier am Zaune wucherte bereits das Unkraut sehr stark; das gelbe Schöllkraut und die weißen

Taubnesseln, die Freunde der Zäune, gediehen hier üppig und mahnten an kommende Arbeit, an den ewigen Kampf des Menschen mit der Natur.

Juni.

Die große, breite Landstraße zog sich mit ihren schnurgeraden Baumreihen meilenweit dahin. Herr Tanzmann stapfte wacker darauf los auf dem weißgetrockneten festen Fahrdamm. Den Freunden, die ihn diesmal hatten begleiten wollen, hatte er sich sanft entzogen.

Nein, Kinder, hatte er gesagt, diesmal ist das kein Weg für Euch, dazu sind Eure Augen und Eure Beine noch nicht reif. Geht Ihr heute lieber nach dem Grunewald oder nach Biesenthal.

Und er hatte ihnen geschildert, wie sie vor Hitze und Staub auf der Chaussee verkommen würden, wie sie auf der endlos langen Fahrstraße nach und nach müde, verdrossen, wütend würden, wie sie ihn erst einen närrischen Kauz, dann einen verrückten Dussel, dann einen hinterlistigen Hallunken nennen würden, der ihnen einen kostbaren Tag gestohlen hätte; wie sie ihn nach zwei Stunden Wanderung schief angucken, später anrempeln und schließlich durchprügeln würden. So wanderte denn Herr Tanzmann allein dahin, an Baum und Baum vorbei, vorbei an Kilometersteinen und Schutthaufen. Zum Glück war der Tag nicht zu heiß. Gewitterregen hatten die Tage vorher die Luft abgekühlt, und ein frischer Nordwest milderte die Strahlen der Sonne, deren Leuchtkraft ohnehin durch einen zarten weißen Wolkenschleier etwas beeinträchtigt wurde.

Herr Tanzmann war einer von den wenigen, die jetzt noch die Poesie der Landstraße kennen. Drei Jahre war er einst zumeist auf diesen Straßen in der Welt umhergewandert, von Stadt zu Stadt, von Dorf zu Dorf, fast ohne überhaupt eine Eisenbahn zu benutzen. Ueberall war er nur kurze Zeit geblieben, nur so lange, um wieder mit ein paar Sechsern weiter zu wandern auf der Landstraße. Offen gestanden, er hatte auch manchmal gefochten und die Nacht im weichen Rasen des Straßengrabens süß verträumt, nach altem Handwerksburschenbrauch die Jacke ausgezogen und sich damit zugedeckt. Doch das waren wilde Sachen, die Herr Tanzmann niemandem erzählte, und außerdem war er damals erst achtzehn Jahre alt gewesen.

Die Straße führte zunächst an ebenen Ackerfluren vorüber. Der Roggen stand in Aehren, aus denen die unscheinbaren Blütenteile lose herabhingen. Er hatte bereits eine weißliche Farbentönung angenommen. Das Meer von Aehren wogte schwer im Winde, tiefe Wellen liefen rauschend über das Millionenheer von Halmen. Im Innern dieser hohen geschlossenen Kornpflanzung war kein Unkraut zu sehen, aber am Rande des Feldes bis etwa ein Meter in das Innere hinein standen unzählige blaue Kornblumen, vermischt mit rotem Klatschmohn und violetten Kornraden. Diese Blumen konnte Herr Tanzmann schon von weitem erkennen, wenn er aber an das Feld herantrat, dann fand er unter ihnen noch manches kleine unscheinbare Gewächs, den Ackersteinsamen, den ziegelroten Gauchheil und manchen anderen Freund des Roggenfeldes. Mit den Kornfluren wechselten sauber behackte Kartoffeläcker ab, deren buschige Pflanzen sich in geraden langen Reihen weit hinzogen. Sie waren bereits ziemlich hoch geworden und fingen eben an, ihre weißen Blüten zu öffnen.

Die Ränder der Straße waren mit hohem Gras bewachsen, das jetzt ebenfalls blühte und mit seinen zierlichen Rispen und Aehren im Verein mit weißen Doldenblütlern, blauem Natterkopf und vielen anderen Blumen einen bunten Teppich bildete. Die Pflanzenwelt war nun auf dem Punkte, wo sie die Blätter vernachlässigt, um ihre ganze Kraft auf die Blüten zu verwenden. Herr Tanzmann wanderte zufrieden weiter.

Der Juni bringt es fertig, sagte er zu sich, selbst magerem Sandboden ein Ansehen von Ueppigkeit zu geben. Na, lange wird die Sache ja nicht dauern, eine Woche Hitze und alles ist vertrocknet und verstäubt wie ein Mehlsack.

Auch die Bäume der Chaussee erregten seine Zufriedenheit. Sie waren in üppigem Triebe. Der beim Wegebau verwandte Lehm, die stete Zertrümmerung der Granitsteine, die einen nahrstoffreichen Boden bildete, und der Düngerabfall der Zugtiere gab diesen Bäumen den denkbar günstigsten Standplatz. Es waren schöne, breitkronige Ahornbäume, phantastisch verzweigte Ulmen und auch vereinzelte Schwarzpappeln und Eichen darunter.

Er war in eifrige Betrachtung über das Wesen und die Gestalt dieser einzelnen Baumgattungen vertieft, als die Klingel eines Radfahrers dicht hinter ihm schrillte, so daß er aufgeschreckt zur Seite fuhr. Herr Tanzmann war empört. Als ob der Mensch nicht ausweichen konnte, wo doch Platz genug vorhanden war! Und da er nun einmal aufgebracht war, ließ er seinem Zorn freien Lauf.

Ihr seid mir schon die windigsten Gesellen, ihr Radler, sagte er, krummbucklige Tretfüßler, schwindsuchtsberechtigte. Ihr Naturverfahrer, die ihr an Baum und Strauch und Wald und Wiese unachtsam vorüber rast mit dem einzigen Gedanken an die Kilometerzahl, die ihr zurücklegen müßt, ihr armseligen Kilometerphilosophen. Ihr blinde Streber, die ihr die Herrlichkeit der Welt nach Meilensteinen und Radumdrehungen berechnet und keuchend, atemringend, schweißtriefend Euer Tagespensum abhaspelt, bloß um wieder zehn Meilen Radfahrt hinter Euch zu haben. Ein herrliches Möbel, Eure Drehmaschine, die Euch das letzte bißchen Naturempfinden ausdreht und mit Euch durchbrennt, ehe Ihr nur anfangen könnt, Euern Verstand zu sammeln. Ja, ja, Ihr habt Recht, Euch gehört die Zukunft, so katzenbuckelnd, mit dem einzigen Wunsche sich vorwärts zu drehen, so macht man Karriere!

Die Chaussee durchschnitt jetzt eine kleine Talsenkung, die aber doch so tief lag, daß der Grundwasserstand den Feldbau nicht mehr lohnend machte. Die Talsohle bildete daher eine kleine Wiese, die durch die Landstraße in zwei Teile geteilt war. Auf der einen Seite, die am wenigsten naß zu sein schien, war das Gras bereits gemäht und lag, einen würzigen Heugeruch verbreitend, in Haufen geordnet da. Ein Maulwurf hatte hier, unter dem Rasen wühlend, kleine Erdhügel aufgeschüttet. Auf der anderen Seite der Chaussee stand das Wiesenland noch im üppigsten Graswuchse. Die Blütenstände des Sauerampfers gaben dieser Wiese einen rötlichen Grundton, in dem die Hahnenfußblüte und Doldengewächse gelbe und weiße Schattierungen hervorbrachten. Den hohen Grundwasserstand konnte Herr Tanzmann nicht nur an dem satten dunklen Grün der Gräser wahrnehmen, er erkannte ihn auch an den schilfig breiten und rohrartigen Gräsern, Binsen und Seggen, die sich hier bemerkbar machten. An der tiefsten Stelle wurde das Wasser sichtbar, ein schmutziges, mit grünen Algen durchsetztes Sumpfwasser, aus dem Weidengestrüpp, einige Erlen und Faulbaumgebüsch hervorragte. Das war der Tummelplatz eines Heeres von Stechmücken, die im Nu Herrn Tanzmann umschwärmten, und ehe er sich ihrer erwehren konnte, ihre dünnen Saugrüssel in das Fleisch seiner Hände und seines Gesichtes einbohrten. Herr Tanzmann konnte feststellen, daß die Stiche ihm ziemlich unangenehm waren, während er früher, wie er noch bei der Frau Tanzmann war, seiner Mutter, sich nie etwas aus Mückenstichen gemacht hatte, auch kaum von ihnen belästigt worden war. Diese Tatsache gab ihm nun wieder genügende Veranlassung, böse Worte über die Verweichlichung in Berlin und die Naturentfremdung der Städter auszustoßen. Trotz der Mückenplage und des nassen Bodens trat der Wanderer etwas näher an den kleinen Buschwald heran. Er sah, wie das Laub der Erlen von blauen Blattkäfern ganz und gar zerfressen wurde, und wie auch die Weiden und das Faulbaumgestrüpp von allerhand Insekten heimgesucht wurden. Das stimmte ihn wieder versöhnlicher.

Zum Glück, dachte er, werden wir Menschen nicht allein gepeinigt, jedes Tier, jede Pflanze hat Peiniger, die Eiche soll gegen hundert verschiedene Arten von Blutsaugern haben. Warum sollte sich der Mensch also nicht mindestens zehntausend leisten können?

Die Chaussee war hier in der Bodensenkung mit schönen fiederblättrigen Eschen bepflanzt, es befanden sich auch einige Linden darunter, deren unscheinbare Blütendolden einen weithin duftenden Wohlgeruch verbreiteten. Die Landstraße zog sich dann wieder in langsamer Steigung einige Meter aufwärts zu dem vorherigen Bodenniveau. Wieder führte sie an Roggenfeldern und Kartoffeläckern vorüber. Dann berührte sie eine kleine Ortschaft, die zu dieser Zeit ganz in Akazien gehüllt erschien, deren große, weiße Schmetterlingsblüten einen Starken, Süßen Duft ausströmten. Die Gärten waren bereits merklich verstaubt, und der abgeblühte Flieder machte einen welken Eindruck. Indes die neuerwachte Rosenpracht, herrliche Nelken und Feuerlilien gab ihnen doch bereits ein üppiges sommerliches Aussehen. An Scheunenwänden und anderen vernachlässigten Plätzen standen große Hollunderbüsche, dicht besäet mit großen, weißen Blütenscheiben. An regelrecht aufgestellten Stangen rankten die Bohnen bereits anderthalb Meter hoch empor, und weißblühende Zuckererbsen stützten sich auf dürres Reisig, das man, um ihnen Halt zu geben, in die Erde gesteckt hatte. An den Johannisbeersträuchern färbten sich bereits die Früchte rot und ließen an eine baldige Ernte denken. Das war die Zeit, wo Herr Tanzmann früher als Knabe im Garten der Frau Tanzmann Obst zu ernten anfing. Er hatte damals die Gewohnheit, die Früchte immer einige Zeit früher abzunehmen, als sie reif waren. Grüne Stachelbeeren aß er zum Entsetzen der Frau Tanzmann mit großer Vorliebe, er aß sie, ohne eine Miene zu verziehen, während sie bei dem bloßen Gedanken daran einen sauren Geschmack im Munde fühlte. Nun gab es aber sehr viele Sträucher im Garten, und wenn Herr Tanzmann nicht täglich seinen Freund Mewis, der nebenan die Gänse hütete, eingeladen hätte zu gemeinsamer Arbeit, so wären die Stachelbeeren sicher reif geworden, ehe sie abgeerntet gewesen wären.

Der Wanderer setzte seinen Weg weiter fort. Wieder führte die Landstraße an großen Korn- und Kartoffelfeldern vorüber, bis sie nach einiger Zeit einen kleinen Kiefernwald durchschnitt. Es war ein etwa vierzigjähriger Baumbestand, der aber durch eine plan- und verständnislose Privatwirtschaft sich in schlechtem Zustande befand. Der Boden war ganz mager, da ihm die Waldstreu, die herabgefallenen Nadeln, Jahr für Jahr entzogen worden war, die Bäume waren verkrüppelt, und der Bestand wies große Lücken auf. Eine dürre, trockene Luft herrschte über dem armen Boden, in dem nur ein dürftiges, gelblichgrünes Moos einigermaßen gedieh und höchstens hier und da eine magere Grasnelke ihren rötlichen Blütenkopf auf langem, dürrem Stiel erhob. An den Privatwald schloß sich ein staatlicher Forst an. Das Bild war sofort ein ganz anderes. Gerade, hohe Stämme schossen fast üppig aus dem grünen Boden hervor, auf dem selbst junge Ahornbäumchen und Eichen, die sich offenbar von der Chaussee her ausgesäet hatten, einige Jahre ein wenn auch kümmerliches Leben fristen konnten. In großen Lagern hatten sich niedere Heidelbeersträucher und Erdbeerpflanzen angesiedelt, die voller Früchte hingen. Herr Tanzmann setzte sich an den Waldesrand neben einen blühenden Brombeerstrauch und tat sich an den köstlichen blauen und roten Beeren gütlich. Er hatte das volle Gleichgewicht seiner Seele wieder erlangt, und als ein Radler keuchend an ihm vorbeistürmte, winkte er ihm freundlich grüßend zu.

Juli.

Am Fuße eines bewaldeten Hügels lag ein kleiner seichter Wassertümpel. An der Kälte des Wassers, an der spärlichen Vegetation und an der Versandung des Grundes erkannte Herr Tanzmann, daß er sich an einer Quelle befand. Er freute sich, daß er hier eine solche interessante Naturerscheinung in unverfälschter Echtheit sehen konnte.

Es wundert mich, sagte er zu sich, daß dieses Stück Erde bisher dem schändlichen Treiben der Verschönerungsvereine entgangen ist, die sonst Quellen zum Haupttummelplatze ihrer ruchlosen Künste ersehen. Es ist wirklich bejammernswert, wie diese Vereine anderwärts die Wasserader bloßlegen, mit Steinen einmauern und das Wasser durch ein Rohr fließen lassen, wie beim Ausguß in einer Berliner Küche. Und er dachte weiter daran, wie sie am Ende des Rohres eine eiserne Schlange oder einen Hundekopf anbringen, der das Wasser höchst geschmackvoll ausspeit. Daran befindet sich dann entweder ein verrosteter Becher, der angekettet ist, damit er nicht davonläuft, oder ein armer Invalide wird dazu verdammt, an der Quelle Wache zu halten und gegen Trinkgeld den Naturtrank in Gläsern zu kredenzen wie in einer Selterwasserbude.

Kurzum, dieser Schmerz blieb Herrn Tanzmann hier erspart. Keine Ueberschrift, kein Gedicht verriet hier, daß der Wassertümpel eine Quelle darstellte. Der Wanderer mußte sich daher Punkt für Punkt das Verständnis dieses kleinen Erdenfleckes zu verschaffen suchen. Zunächst schritt er die Grenzen des Tümpels ab. Da stellte sich heraus, daß das Terrain weiter bergabwärts naß und Sumpfig blieb, bergaufwärts dagegen schloß der Tümpel mit einer kleinen, etwa meterhohen Erdwand ab, an der der rohe frische Boden zutage trat. Am Fuße dieser Wand bemerkte Herr Tanzmann an verschiedenen Stellen im Wasser kleine Strudel, offenbar drang hier die Flüssigkeit aus der Erde in mehreren Adern hervor. Das herausfließende Wasser unterminierte den Boden, so daß dieser nachstürzte und die Erdwand bildete. Das Wasser breitete sich dann zunächst planlos aus, so daß es teils den Tümpel bildete, teils das umliegende Land versumpfte. Woher aber kam das Wasser überhaupt? Der ganze Hügel mit seinem Laub- und Nadelwald und seiner immerwährend dichten Bodendecke stellte ohne Zweifel ein großes Reservoir dar, in dem sich alle Feuchtigkeit der Luft, besonders der Regen sammelte, ohne den Berg hinabzufließen. An einem alten Fuchsbau aber, dessen Eingang unter einem Haselbusche in der Nähe lag, konnte Herr Tanzmann beobachten, daß unter der vorwiegend sandigen Oberfläche des Waldbodens eine feste Tonschicht sich befand, die keinen Tropfen Wasser durchließ. Der Regen mußte also bei seinem Einsickern in den Boden schließlich über der Tonschicht Halt machen, die sich wahrscheinlich wie ein Sammelbecken unter der ganzen Fläche des bewaldeten Hügels hinzog. Dieses Becken war nun jedenfalls nach der Seite, wo jetzt die Quelle lag, geneigt und trat hier mit seinem niedersten Rande an die Oberfläche. So fand denn alles Wasser, das der Waldboden des Berges aufnahm und das dann bis auf die Tonschicht niedersickerte, hier seinen Ausweg. Hier trat das Wasser zutage, hier überschwemmte und versumpfte es den Boden, der einen niederen dunkelgrünen Graswuchs zeigte. Im Bereich des Sumpfbodens stand kein Baum und kein Strauch. Das kalte Wasser ließ ohne Zweifel das Aufkommen einer anspruchsvolleren Pflanzenwelt nicht zu.

Herr Tanzmann schritt längs des sumpfigen Landstreifens hin bis zu der Stelle, wo sich das Wasser in einem kleinen Bache sammelte und nun schneller, traulich plätschernd, dahinfloß. Zunächst zog sich der Bach unter dem dichten grünen Dache von Buchen hin, die seine Ufer so beschatteten, daß keine Vegetation an ihnen aufkommen konnte. Späterhin, als der Bach durch Aufnahme der Waldesfeuchtigkeit mehr gewachsen und breiter geworden war, waren seine Ränder mit einem üppigen Grün bedeckt. Zwischen den spießförmigen Blättern der Wasserschwertlilie, den Rispen des Süßgrases und den mächtigen Blättern des Wasserampfers schauten die himmelblauen Blüten des Sumpfvergißmeinnichts und die weißen Quirltrauben des Froschlöffelkrautes hervor. Langfüßige Teichläufer hüpften über das Wasser und glänzend schwarze Taumelkäfer spielten auf der Oberfläche ihr unermüdliches, drehendes Spiel.

Der Bach verließ schließlich den Wald und zog sich nun in unzähligen Windungen durch die Fluren dahin. Sein Lauf war auf weite Entfernungen hin durch ein dichtes Gebüsch gekennzeichnet, das seine Ufer einfaßte. Es waren besonders Erlen, die als kleine Bäume oder mächtige Sträucher dicht aus dem Rande des Baches hervorstiegen und sich gewissermaßen an ihn anklammerten, ihn begleiteten und festhielten, um von seinem Wasser mit immer durstiger Kehle zu trinken, und in seinem Schutze vor der Ausrottung durch die Holzaxt gesichert zu sein. Auch Weiden folgten dem Laufe des Baches, als kleines Gebüsch aber füllten der Kreuzdorn und der Faulbaum die Lücken aus, die Erlen und Weiden übrig ließen. In das Wasser hinein breiteten sich die dünnen braunen Aeste des schwarzen Johannisbeerstrauches aus und die Ranken des Bittersüß schlangen sich mit ihren violett und gelb gefärbten Blüten hoch in das Geäst der Erlen.

Herr Tanzmann konnte das fließende Wasser nur von Zeit zu Zeit sehen, obwohl er dicht am Bache entlang ging, denn Bäume und Sträucher waren so eng von großblättrigem Hopfen umschlungen, daß der Bach streckenlang wie mit undurchdringlichen Wänden eingefaßt und von einer dichten Decke überhangen war. Wo er aber ganz an den Rand herantreten konnte, sei es, daß hier ein zu hoch gewordener Baum der Holzaxt anheimgefallen war, sei es, daß das Wasser selbst das Gebüsch weggespült hatte, da hatte er prächtige Durchblicke über das in einer Laubhalle dahinfließende Wasser. An diesen offenen Stellen hatte sich eine üppige Staudenvegetation entwickelt. Rotblühende Weidenröschen, blaue Veronika und lilafarbene Wasserminze bildeten im Verein mit weißen Doldenblütlern einen meterhohen dichten Ufersaum.

So oft Herr Tanzmann an das Waffer herantrat, schreckte er einige Frösche auf, die im feuchten Grase sitzend, Insekten auflauerten. Sie fühlten sich außerordentlich behaglich, lagen auf ihrem dicken Bauche und wenn sie eine Fliege gewahrten, sprangen sie auf und schnappten das Tierchen sehr geschickt im Sprunge weg. Alsdann lagen sie wieder ruhig auf dem Bauche und sahen mit ihren Glotzaugen in die Welt. Wenn aber Herrn Tanzmanns Fuß nahe daran war, auf sie zu treten, bekamen sie einen Schrecken, sprangen auf und plumpsten, eine helle Flüssigkeit hinter sich spritzend, in das Wasser und Herr Tanzmann sah ihnen nach, wie sie mit ihren langen Beinen das Wasser durchschnitten und eilig davonschwammen.

Es war ein schöner, heiterer Tag. Das helle Sonnenlicht gab dem wolkenlosen blauen Himmel einen weißlich flimmernden Schein. Es war sehr heiß, aber das Ufergebüsch gewährte Herrn Tanzmann genügenden Schatten. Und obwohl über den Stoppelfeldern, auf denen die Roggengarben mandelweise aufgeschichtet standen, eine Siedehitze lagerte, so kühlte doch das Wasser und der üppige Pflanzenwuchs die Luft bedeutend ab. Herr Tanzmann folgte denn auch unverdrossen den unzähligen Windungen des Baches, dessen Ufer bisweilen sehr abschüssig waren und dessen Gebüsch so unregelmäßige Linien bildete, daß der Wanderer nur im Zickzack gehen konnte. Dazu stießen von Zeit zu Zeit auch Kartoffelfelder an den Bach, und die bereits sehr hohen Pflanzen drängten sich so an das Ufergebüsch heran, daß Herr Tanzmann die Zweige des letzteren öfter zur Seite biegen mußte, um die Kartoffeln nicht zu zertreten. Das Mißlichste aber waren die stachligen Ranken der Brombeeren, denen man vorsichtig ausweichen mußte, damit man nicht an ihnen hängen blieb und sich Kleider und Haut zerriß. Trotz dieser Schwierigkeiten blieb Herr Tanzmann guter Laune. Denn obwohl er über die Gebilde der Menschen leicht in Aufregung geraten konnte und schnell und unbedacht ein böses Wort hinwarf, so konnte ihn die Natur nie außer Fassung bringen. Sie war für ihn die Meisterin, der er willig folgte, das Gesetz, dem er sich blind unterwarf.

Als Herr Tanzmann den vielen Windungen des Baches folgte, sah er, daß in dieser Bildung von Schlangenlinien ein gewisses System lag. Selbst wenn das Wasser zunächst in gerader Linie geflossen wäre, so hätte doch leicht ein in den Bach wachsender Erlenbusch oder ein Stück eingestürzten Ufers sofort eine andere Strömung hervorgebracht. Das Wasser hätte einen Widerstand gefunden, wäre hier abgeprallt und zum entgegengesetzten Ufer hinüber gelenkt worden, von hier wiederum nach der anderen Seite und so fort. So wäre die Strömung dann in einer Zickzacklinie verlaufen. An allen den Punkten aber, wo das Wasser anstieß, mußte sich der Boden abbröckeln, hier riß das Wasser stetig Erdreich hinweg. An allen Stellen des Ufers hingegen, die von der Strömung nicht berührt wurden, mußte sich der losgerissene Boden, überhaupt alles Gespüle ablagern. So war denn das Ufer an den Strömungsstellen steil, vom Wasser unterspült, während an den toten Rändern sich Landzungen von flachem schwarzem Boden in den Bach hineinschoben. Und dieses Abnagen auf der einen und das Anschwemmen auf der anderen Seite trug nur dazu bei, die Richtung des Wasserstoßes stets zu verändern und die Windungen des Baches komplizierter zu machen.

So schlängelte sich der Bach durch die Fluren dahin. Bisweilen zog er sich auch an einem Felde gelbblühender Lupinen hin, von denen ein schwerer, süßer Geruch ausging. Zuweilen streifte er ein Haferfeld, dessen Rispen auch der Reise entgegengingen. Dabei nahm der Bach bald von rechts, bald von links einen kleinen Zufluß aus den Gräben der Fluren aus, die freilich jetzt, im Hochsommer, nicht viel Wasser zuführten. Im Frühling und Herbst mochte das anders sein, und Herr Tanzmann konnte an der Höhe der Bachrinne erkennen, daß der Wasserstand zuweilen bedeutend höher sein mußte. Erst späterhin gelangte der Wanderer an eine Stelle, wo die Ufer des Baches sehr flach waren, und wo sich das ganze Bachterrain zu einer langgestreckten feuchten Wiese ausdehnte. Die Wiese, die sich jetzt vom Grasschnitt im Juni wieder erholt hatte und schön grün aussah, mochte zu Zeiten hohen Wasserstandes völlig überschwemmt sein und dann ein großes, breites Flußbett bilden. Die anliegenden Aecker wurden dabei vom Wasser verschont, da sie sich in steiler

Böschung einige Meter hoch über die Wiese erhoben. Der Bach selbst wurde immer breiter, er war wohl selbst vom besten Turner nicht mehr zu überspringen und Herr Tanzmann mußte, wenn er von einem Ufer zum anderen wollte, die primitiven Brücken der Landleute benutzen: zwei morsche Erlenstämme, die nebeneinander über den Bach gelegt waren.

So wanderte Herr Tanzmann noch lange an dem freundlichen Bache hin, bis dieser sich schließlich in einen Fluß ergoß. Noch eine Weile konnte man das frische Bachwasser in dem trübe dahinschleichenden Flusse sehen, dann verteilte es sich und vereinte sich mit ihm.

August.

Auf einem schmalen Grenzrain schlenderte Herr Tanzmann zwischen den leeren Stoppelfeldern dahin. Die Ernte war vorüber, zwischen den gelben Roggenstoppeln machte sich schon das Grün der Ackerwinden, der Quecken und der durch Körnerausfall entstandenen neuen Roggenhalme bemerkbar, die Haferfelder dagegen, die erst vor wenigen Tagen abgeerntet sein mochten, machten jetzt einen vollständig vegetationslosen Eindruck.

O weh, dachte Herr Tanzmann, das ist nun unser deutscher Sommer. Erst wartet man von Anfang März vier Monate lang, bis er kommt, und wenn er da ist, dann nehmen die Tage wieder ab und der Wind pfeift über die leeren Stoppeln.

Der Wind pfiff freilich nicht, sondern es herrschte eine vollkommene Stille. Es war sogar etwas schwül. Die Luft war mit Wasserdampf erfüllt, und am Horizonte hingen schwere weißgezackte Gewitterwolken. Nur an dieser Wetterstimmung konnte Herr Tanzmann den Hochsommer noch erkennen, denn auch auf dem grasigen Feldrain blühten nur solche Blumen, die noch lange dem Herbste widerstehen, die Schafgarbe mit ihren weißen Doldentrauben, die blaue Cichorie, gelbes Habichtskraut und der weiße Kriechklee.

Die Felder endigten an einem welligen, Schluchtenreichen Terrain, das mit kleinen Buschwäldchen besetzt war, die durch grüne Gründe und weiße Sandhügel von einander getrennt waren. Herr Tanzmann streifte mitten durch das Gebüsch hindurch, das bereits das dunkle Grün des Hochsommers zeigte und an welchem Insektenfraß und Pilzbefall ihre Spuren hinterlassen hatten. Auf den Blättern der Espen waren große schwarze Flecke und das Laub des Spindelbaumes war von Raupen fast ganz zerfressen. Trotzdem regte sich noch immer die schaffende Kraft der warmen Jahreszeit. Die Eichenbüsche und die Faulbaumsträucher waren immer noch in kräftigem Wachstum und ihre Triebe entwickelten immer neue zarte Blätter. Allein die Früchte von Bäumen und Sträuchern begannen bereits zu reifen. Mit gelbroten Beeren überschüttet, prangten die Ebereschen herrlich am Rande des Waldes, neben ihnen belebte der Hartriegel mit seinen grünschwarzen, die Berberitze mit ihren ziegelroten und der Schneeballstrauch mit seinen jetzt gelblichen Früchten das Grün der Natur. Des Wanderers Augen ergötzten sich an diesem bunten Kleid des Waldes, der noch bei voller Sommerkraft doch schon die herrlichen bunten Insignien des Herbstes trug. Er versenkte sich in die Tiefen der Naturrätsel und in die Ideen der Menschen, die die Uebergänge wenig beachten und überall schroffe Gegensätze wünschen. In diese Gedanken vertieft, achtete er wenig des Weges, so daß er beinahe über die Menschen gestolpert wäre, die hinter einer breiten Hainbuche lagen und Skat spielten.

Die Spieler, anscheinend gut situierte Leute, waren über die plötzliche Unterbrechung ihrer Hantierung sehr erbost und schrien ihn an:

Nanu, man sachte! Sie können wohl nicht kieken, Mann?

Da kamen sie aber bei Herrn Tanzmann schlecht an. Dessen Gemütsart war so beschaffen, daß er selten die Gelegenheit vorübergehen ließ, eine Derbheit zu sagen, besonders wenn sie sich so schön bot, wie hier. Er sagte also:

Was? Ihr wagt noch, Euern Mund aufzutun, Ihr hohläugigen Spieler! Ihr, die Ihr einem hier die Wege versperrt und die Luft mit Euerm infamen Gewerbe verpestet! Schert Euch damit in eine alte Spelunke, wo der Tag nicht hinscheint! Aber hier bei hellem Sonnenlicht den Gesang der Vögel mit Eurem »Null ouvert« und »ich passe« zu überschreien und die grüne Natur anzuskaten, dazu gehört eine Portion Vandalismus, meine Herren, der mit dem Galgen bestraft werden sollte!

Sprach's und ging wütend hinweg. Die drei Herren sahen einander verdutzt an, als ob ein Irrsinniger in ihren Kreis getreten wäre. Dann aber kamen sie wieder zu sich und schickten dem Weggehenden eine Auswahl gediegener Sonntagsschimpfwörter nach: »Sie alter Fatzke!« »So'n Dussel!« und andere mehr.

Herr Tanzmann eilte schnell weiter, ärgerlich auf sich und die heutige Kultur, und warf sich schließlich unter einer alten Eiche ins Gras. Der Himmel hatte sich mehr und mehr verschleiert und die Luft war noch schwerer und schwüler geworden. Der Wasserdunst umhüllte die ganze Natur mit einem dünnen, weißen Flor. Herr Tanzmann legte sich erschlafft auf den Rücken und sah hinauf in die breite Krone des Baumes. Ein paar Eicheln, die noch grün waren, aber bereits ihre natürliche Größe hatten, fielen herab in Herrn Tanzmanns Gesicht.

Wohl mir, dachte dieser, daß die Eiche kein Kürbis ist, oder vielmehr keine Kokos- oder gar Seychellenpalme, denn wenn die einem eine Zentnernuß auf den Schädel wirft, dann ist man für immer von Kopfschmerzen befreit. Schade, daß es bei uns keine solchen Bäume gibt, denn dann würden selbst Skatspieler mehr Interesse für den Baum haben, unter dem sie sich lagern, und der naturwissenschaftliche Sinn würde bedeutend wachsen!

Herr Tanzmann ruhte noch ein Weilchen aus und sah den Ameisen zu, die an dem borkigen Stamm der Eiche auf- und abgingen und da, wo ihre Wege sich kreuzten, einander mit den Fühlern betasteten.

In den Furchen der Borke hatten sich Raupen eingesponnen und auf den Blättern bemerkte er hie und da kleine kugelrunde Wucherungen, die durch den Stich der Eichengallwespe hervorgerufen worden waren. Dann sprang Herr Tanzmann auf und trabte weiter. Zunächst ging er an einem Grunde hin, dessen Gras jetzt vor dem zweiten Schnitt sehr hoch emporgeschossen war. Eine Menge Blumen, blaue Brunellen, rote Kuckucksnelken, weißes Sumpfherzblatt und vielfarbiger Augentrost schmückten das Grün des Grases mit bunten Flecken. Beim Vorübergehen scheuchte der Wanderer eine Menge von Grashüpfern auf, die mit ihren weiten Sprüngen ein stetes knisterndes Geräusch hervorbrachten.

Als Herr Tanzmann wieder an den Rand eines neuen Buschwäldchens gelangte, erwarteten ihn hier reichbehängte Himbeer- und Brombeersträucher. Er nahm die Einladung zu dem leckeren Mahle dankbar an, und das Bewußtsein, hier genießen zu können, ohne daß Angebot und Nachfrage den Preis bestimmten, ohne daß überhaupt von Preis und Geld die Rede war, erhöhte den Genuß, ganz abgesehen davon, daß die Ware zweifelsohne frisch und nicht durch die Fortschritte der Chemie verfälscht war. Einige Meter von den Fruchtsträuchern entfernt standen ein paar alte stämmige Hollunderbüsche, deren bereits reifende Beeren eine Schar Singvögel angelockt hatten. Die sangen dort beim Schmause in allen Tonarten melodienreiche Lieder der Freude. Herr Tanzmann hätte gern mit eingestimmt, denn er war wieder eitel Lust und Wohlbehagen; aber Gesang war ja seine schwache Seite, das heißt, er war im Herzen voller Melodien, aber er brachte es nicht heraus, nicht einmal mit Pfeifen.

Die Sonne wurde jetzt immer matter, und am Südwesthimmel zog eine schwere schwarze Wolkenwand heraus. Ein paar Schwalben, die sich hier in die Gegend verirrt hatten, flogen tief am Erdboden dahin. Der Wanderer wurde von Fliegen und Stechmücken gepeinigt, die sich jetzt wie besessen auf seinen Händen und an seinem Halse festsaugten.

O weh, sagte Herr Tanzmann zu sich, diesmal bekommen wir ein Donnerwetter, aber nicht zu knapp!

Und er sah sich nach irgend einem Unterschlupf um, fand aber nichts, da er bei Gewitter nicht unter einem hohen Baum Schutz suchen wollte. So blieb ihm nichts übrig, als sich dem Dorfe zuzuwenden, das etwa eine halbe Stunde entfernt am Ende einer langgestreckten Erdrinne lag, die von dem hügeligen Terrain seitwärts abbog. Herr Tanzmann beeilte sich, denn er wußte, daß ein Gewitter sehr schnell heranzieht. Er fand denn auch bald einen sandigen Feldweg, der an öden Kiefernhaiden vorüber nach dem Dorfe führte. Die Vegetation am Rande des Weges machte einen sehr dürren Eindruck. Strohige gelbe Immortellen und staubige violette Natterkopfblumen hoben sich aus dem spärlichen grauen Grase, und der Thymian bildete zwar schön lilarote aber doch niedere, magere, kreisrunde Polster. Von Zeit zu Zeit kam Herr Tanzmann an einer alten Silberweide vorüber, deren graue Blätter zu dieser öden Landregion vortrefflich paßten.

Die Wetterwand war höher heraufgezogen, und bereits ertönten die ersten die Luft dumpf erfüllenden Schläge des fernen Donners. Ein seltsames, trübes, phantastisches Licht gab der Natur ein unheimliches Aussehen. Herr Tanzmann ging in einen leichten Trab über, wobei der lose Sand wie Wasser von seinen Stiefeln rann. Nun führte der Weg mitten durch eine Kiefernhaide, hier wurde das Gras, durch den Schatten der Baume beschützt, grüner, die dürren Kiefern dagegen strömten, anstatt zu erfrischen, eine Backofenhitze aus, die fast unerträglich war. Der Baumbestand war sehr lückenhaft, silberne Flechten umspannen die Stämme und die Zweige der Kiefern. Doch unter ihnen machte sich das Haidekraut breit, dessen liebliche Blüten sich nun erschlossen hatten.

Der Himmel wurde finsterer, und der Donner ließ sich lauter vernehmen. Herr Tanzmann rannte immer schneller, dabei scheuchte er einen Rehbock auf, der schnell über den Weg setzte und wieder zwischen den braunen Stämmen der Kiefern verschwand. Kurz vor dem Dorfe verließ der Weg wieder den Wald und führte durch eine vollständig vegetationslose Sandwüste, ein Terrain losen Flugsandes, das sich stetig ausdehnte und die Fluren ringsum begrub. Jetzt freilich lag der Sand ruhig da, es dauerte aber kaum eine Minute, so konnte Herr Tanzmann die Tätigkeit dieser kleinen Sahara beobachten. Die Wolkenwand rückte näher heran und ihr voran ging ein heftiger Windstoß, der rauschend über die Gegend strich. Wie mit Millionen Händen schüttelte er die Wipfel der Bäume, die Stengel der Blumen, die Halme der Gräser, und nun faßte er die Sandkörnchen und trieb sie als dicke Staubwolke vor sich her. Die ganze kleine Sandwüste war in wirbelnder wallender Bewegung, in der Herr Tanzmann wie im Pulverdampf verschwand. Und während die feinen Körnchen vom Winde weit weggetragen wurden, rollten die schweren surrend am Boden hin, um an den umliegenden Fluren hängen zu bleiben und so das Terrain der Wüste zu vergrößern.

Nun kam das Gewitter heran. Der Donner wurde lauter, blendende Blitze durchzuckten die Luft in gebrochenen Strahlen und gellende Schläge folgten ihnen. Es fing an in großen Tropfen zu regnen. Nun sauste Herr Tanzmann in Karriere dahin, er wollte um jeden Preis mit dem Wetter um die Wette laufen und ihm zuvorkommen. Im Nu war er auf der breiten Dorfstraße angekommen, und nun ging es in mehr gesittetem Trabe vorwärts. Er eilte an Akazien vorüber, die bereits mit braunen Hülsen behangen waren, an dichtkronigen Kastanien, unter denen grüne stachelige Früchte in Menge lagen, an Gehöften, an Gärten vorüber, in denen die Astern und Georginen schon blühten und die Kletterbohnen sich um drei Meter hohe Stangen rankten. Der Regen ward stärker und die Gewitterschläge dröhnten mit unaufhörlichem Knattern und Rollen. Bevor aber Herr Tanzmann das schützende Wirtshaus erreichte, hatte er noch ein Abenteuer mit zwei wild gewordenen Schweinen zu bestehen, die aus einem Bauernhofe ausgebrochen und von einer Schar Weiber und der Dorfjugend verfolgt, Herrn Tanzmann gerade in die Beine getrieben wurden. Herr Tanzmann wollte die Tiere aufhalten, er faßte das eine am Ohr, es entlief ihm aber quiekend, während der Wind ihm seinen Hut entführte, zum Gaudium der gesamten Zuschauerschaft. Herr Tanzmann rannte seinem Hute nach, holte ihn einmal schon ein und trat mit dem Fuße darauf, der Hut entwischte dennoch wieder, eilte weiter und blieb erst an der Tür des Wirtshauses liegen. Da hatte denn Herr Tanzmann nichts weiter zu tun, als dem treuen Gefährten seiner Fahrten zu folgen.

September.

Am Seerande führte, zwischen Ufergebüsch und Kiefernwald, ein kleiner Fußweg dahin. Es war kein künstlich gebauter Steg, die Landleute und die Waldarbeiter hatten ihn durch öfteres Hin- und Hergehen abgetreten, das Gras zerstampft und den Boden bloßgelegt. Hier auf diesem Pfade wandelte Herr Tanzmann seelenvergnügt dahin, glänzend vor Freude und Wanderlust. Denn es war ein schöner, klarer Morgen, und am Morgen war Herr Tanzmann stets vergnügter als am Abend, wo die Rückkehr in die Stadt ihn immer zornig und zu bösen Reden geneigt machte. Obwohl es schon gegen zehn Uhr war, hing der Tau doch noch in dicken Tropfen am Gras. Denn die Septembersonne, wenn sie auch in heiterer Schönheit strahlte, war doch zu spät aufgestanden, und ihre Himmelslinie war zu kurz, als daß sie schon am Morgen den Tau aufgesogen hätte. Jetzt fielen ihre Strahlen auf den See, so daß dieser weiß erglänzte, und sie fielen durch das Ufergebüsch auf Herrn Tanzmanns Gesicht, so daß auch dieses noch mehr erglänzte und aussah wie der Vollmond in einer Frühlingsnacht.

Herr Tanzmann wanderte an dem grünen Gebüsch dahin, indem er vorsichtig über die bloßliegenden Kieferwurzeln hinwegstieg, die sich über den Weg reckten. Der Steg war etwas schräg nach dem See zu geneigt, und Herr Tanzmann konnte ganz genau beobachten, wie etwa in der Mitte des Pfades zwei verschiedene Bodenarten aneinander stießen, der schwarze humöse vom Ufer her und vom Walde her der graubraune Sandboden, auf dem die Kiefern gut gediehen. Das schwarze Humusland dagegen ließ wegen seiner fetten Feuchtigkeit den märkischen Nadelbaum nicht aufkommen, hier dominierten breite Erlenbüsche, mit Faulbaum und Kreuzdorn untermischt. Und um sie schlang sich in seilartiger Verflechtung und in üppiger Fülle der wilde Hopfen, der mit halbreifen, weißgrünen Kätzchen über und über behangen war. Mit seinen großen Blättern, die er rings um die umschlungenen Erlenbüsche ausbreitete, nahm er seinen Opfern Luft und Licht hinweg. Aber auch ihm saß bereits ein tückischer Feind im Nacken. Um ihn schlang sich mit ihren dünnen rötlichen Stengeln die Seide, schnürte ihn zusammen und nährte sich von seinem Nahrungssafte, indem sie ihre Saugwurzeln in sein Gewebe senkte. Und wo die Seide kräftig auftrat, da verkümmerte der Hopfen, und wo der Hopfen verkümmerte, da atmeten die Erlen erleichtert auf.

Da können Sie sehen, Herr Tanzmann, sagte der Wanderer zu sich, wie es mitunter in der Natur zugeht. Beinahe so schlimm wie unter den Menschen. Ein Schmarotzer wird von dem anderen aufgezehrt. Bloß daß den Pflanzen der Verstand fehlt, der beim Menschen immerhin manchmal vorhanden ist.

Herr Tanzmann wanderte weiter am Gebüsch hin. Zwischen den einzelnen Sträuchern hindurch sah er die weite weiße Wasserfläche vor sich liegen, die rings, soweit sein Auge reichte, von dunklem Kiefernwald eingerahmt war. Nur dicht am User zog sich ein niederer Streifen grünen Laubgebüsches hin, das hier und da von einer weißstämmigen Birke überragt wurde. Das ganze jenseitige Ufer aber spiegelte sich in sanften Linien im See. Die breiten Nadelbaumkronen und die zierlichen Laubzweige der Birken malten sich ab im Wasser, in dem das blaue Himmelsgewölbe in träumender Tiefe lag. Herr Tanzmann blieb öfters stehen, und sein Auge hing an diesem weiten, weißen Wassermeer, das so sehnend einsam in dem düsteren Kiefernwaldrahmen eingeschlossen war. Als Herr Tanzmann weiter ging, schnitt ihm für eine Weile dreimeterhohes Schilf die Aussicht auf den See ab. Das Schilf mit seinen rötlichen Rispen ragte wie eine grüne Mauer aus dem Wasser hervor und lehnte sich dicht an das Usergebüsch an. Es ging ein leichtes Rauschen durch das Rohr, obwohl der Wind nur ganz schwach wehte. Jetzt schwirrten ein paar Vögel durch die Schilfstengel und dann plötzlich erhob sich ein Plätschern und Schnattern, und ein Volk Wildenten floh aus dem Rohrdickicht hinaus ins offene Wasser. Als Herr Tanzmann näher an das Schilf herantrat, sah er, wie auf seinen Blättern Schnecken und Rohrkäfer behaglich ruhten. Auch das Wasser zwischen dem Schilf war von allerhand kleinem Getier erfüllt. Muscheln und Schnecken hingen an faulenden Pflanzenresten, Rückenschwimmer und schwarzgrüne Wasserwanzen gondelten geschickt durch das feuchte Element, und die rote Spinne taumelte in kapriziösen Bewegungen durch die Flut.

Beim Weitergehen wandte Herr Tanzmann auch der anderen Seite des Fußsteges seine Aufmerksamkeit zu. Wo der Kiefernwald hoch und luftig war, da standen in dem grünen Rasen rosa Grasnelken und blaue Glockenblumen. Von Stamm zu Stamm aber hatten die Kreuzspinnen ihre kunstvollen Netze gespannt. Der ganze Wald war mit diesen Netzen erfüllt, die silbern im Sonnenscheine leuchteten. Selbst über den Fußweg war das Gewebe gespannt, so daß Herr Tanzmann nach und nach mit Spinnenfäden ganz behängt war und Mühe hatte, sie von Gesicht und Händen, auf denen sie ein leichtes Jucken wie Haare verursachten, zu entfernen. Wo der Kiefernwald jünger und dichter war, da war der Boden mit brauner Nadelstreu bedeckt. Aus ihr aber erhob sich jetzt ein Heer von Pilzen. Am auffälligsten waren die großen Fliegenpilze, deren zinnoberrote, weißgetupfte Hüte dem Waldboden ein merkwürdig fremdartiges Gepräge gaben. An manchen Stellen stand eine dichte Vegetation von Farnkraut, dessen Wedel der nahende Herbst an den Spitzen bereits braun gefärbt hatte.

Im übrigen fand Herr Tanzmann Laub und Kraut noch leidlich frisch. Die Früchte an den Büschen waren nun alle gereift und prangten in schwarzen und roten Farben in den mannigfaltigsten Formen und Anordnungen zwischen dem grünen Laube. Herr Tanzmann freute sich wie ein Kind an der bunten Pracht, er kannte von klein auf alle Beeren und Früchte des Waldes und wußte ihre vielfältige Verwendung für Haus und Hof, für Vogelfang und Spiel. Jetzt kam er an einer Menge von Haselbüschen vorüber, die, auch mit trockenem Boden vorlieb nehmend, sich vom Ufer an und dann an der anderen Seite des Fußweges bis weit hinaus in den sanft ansteigenden Kiefernwald hineinzogen. Hier wehte es Herrn Tanzmann doch bereits herbstlich an. Denn die Haselbüsche hatten bereits jene bräunlichgrüne Färbung, die bei vielen Sträuchern das erste Anzeichen des nahen Blättertodes ist. Der Wanderer suchte nach Nüssen, aber er fand keine. Wer weiß, vor wie langer Zeit die schon von der Jugend der umliegenden Dörfer weggeholt worden waren. Er wenigstens hatte es, als er noch bei der Frau Tanzmann, seiner Mutter, wohnte, als Ehrensache betrachtet, bereits Ende August alle Haselbüsche der Umgegend zu durchstöbern und die Früchte zu ernten, noch bevor sein Freund Mewis daran dachte, daß sie reif waren. Denn dieser hielt sich genau an die alte Regel, daß man vor dem 1. September keine Haselnuß abpflücken darf. Herr Tanzmann aber besorgte sein Geschäft so gründlich, daß Mewis tagelang umherirrte und nichts fand, und Jahr für Jahr klagte, daß die Eichkätzchen die Haselnüsse bereits alle gefressen hätten. Herr Tanzmann stimmte ihm bei, einmal merkte Mewis aber doch, daß der Sack, der auf Tanzmanns Dachboden hing, voller Haselnüsse war. Von dem Tage an stellte Mewis zwei Wochen lang seine Besuche bei Tanzmanns ein, ein Verlust, der von Herrn Tanzmann sehr schwer, von Frau Tanzmann dagegen leichter ertragen wurde, zumal zu jener Zeit Mewis die Leidenschaft hatte, große Steine in den Schmalzbirnenbaum hinter der Scheune zu werfen und mit vollgefüllten Taschen allabendlich den Heimweg anzutreten.

Herr Tanzmann schritt weiter auf dem Fußwege dahin. Noch blühten zwischen den Büschen die zarten Vergißmeinnicht und die krautartige Wasserminze. Aber Weidenröschen und Wasserhanf waren bereits mit dichtem, weißem Flaum bedeckt, in dem sich ihre Samenkörner verbargen. Und jetzt gelangte er zu einer jungen Linde, deren Blätter bereits recht gelb geworden waren.

Merkwürdig, sagte Herr Tanzmann zu sich, daß die Linde der Baum der Liebenden geworden ist. Sie treibt zwar früh im Lenz, doch blüht sie im Sommer und bleicht zuerst im Herbst. Aber daran sieht man eben, daß die Liebe blind ist, und daß es dabei auf lange Dauer nicht abgesehen ist.

Dennoch war der Baum ihm lieb, und die gelben Blätter brachten einen stimmungsvollen Ton in die September-Landschaft. Er lehnte sich an den Lindenstamm und sah von neuem zwischen den früchtebeladenen Büschen hindurch auf die weiße Wasserfläche des Sees, der ruhig, wie selbstvergessen, da lag in der dunklen Umrahmung des Kiefernwaldes. Die stille Ruhe lud zum Nachdenken ein, und Herr Tanzmann kramte in dem Schatze seiner Erinnerung.

Manchen See sah ich auf meinen Wanderungen, sagte er zu sich, den azurblauen Gardasee und den düsteren Ammersee, die lieblichen Teiche Frankreichs und den vornehmen Vierwaldstättersee. Aber ich kann nicht sagen, daß ich euch weniger liebte, ihr flachen, weißen Seen der Mark, mit eurer unendlichen Sehnsucht und eurem stillen Heimweh, mit euren melancholischen Kiefernwaldufern, deren dunkle Schatten euch einschließen und abschließen von allem Lärm der Welt!

Plötzlich vernahm Herr Tanzmann schwere Tritte und ein schnaufendes Fauchen, das aus einem dicken Körper kommen mußte. Er ging langsam vorwärts, um dem Keuchenden Zeit zu lassen, ihn zu überholen. Bald wurde denn auch ein dicker Mann sichtbar, der schweißtriefend und schnaufend sein wohlgemästetes Bäuchlein vor sich herschob. Er grüßte den Wanderer und fragte leutselig:

»Sie müssen wohl auch laufen?«

Herr Tanzmann wußte nicht recht, wie die Frage gemeint war, und da er böse Absichten witterte, so guckte er den Fragenden ziemlich ungeduldig an. Dieser aber sagte:

»Mir hat nämlich der Arzt verordnet, jeden Tag einmal um den verwünschten See herumzulaufen. Denken Sie sich, drei Stunden über Wurzeln, durchs Gebüsch, 's ist zum Verrücktwerden! Und dabei ist's von unserem Städtchen bis zum See auch noch eine halbe Stunde. Der frühere Arzt war ja vernünftiger, der hat mir wenigstens was Ordentliches verschrieben, jeden Tag eine große Flasche voll. Und zu laufen brauchte ich gar nicht.«

»Hat's denn was geholfen?« fragte Herr Tanzmann.

»Das ja gerade nicht,« antwortete der dicke Mann. »Aber es war doch auszuhalten. Der neue nun, der hat mir furchtbare Angst gemacht. Nicht ein Jahr sollte ich's mehr treiben, wenn ich nicht täglich hier um den verwünschten See herumgehe.«

»Na und hilft denn das?«

»Es ist ja möglich,« sagte er. »Ich gehe heute erst zum fünften Male. Es ist mir ja, als wäre mir ein bißchen leichter. Aber ich bitte Sie, wenn so eine Pferdekur nicht helfen soll! Natürlich muß das was helfen! Aber dazu braucht man doch keinen Arzt. Wenn ich mir einen Arzt nehme, dann soll er sich doch Mühe geben, mich zu heilen, dann will ich mich doch nicht auch noch anstrengen! Nicht wahr?«

»Das ist ganz meine Meinung!« sagte Herr Tanzmann. »Doch entschuldigen Sie, ich muß nach der anderen Seite zurück.«

Er drückte dem dicken Manne die Hand, der ihn erstaunt anguckte.

»Ja,« sagte Herr Tanzmann, »mir hat mein Arzt befohlen, zweimal um den See herumzugehen!«

Dem dicken Manne traten Schweißperlen aufs Gesicht bei dem bloßen Gedanken, daß jemand doppelt so viel gehen müsse wie er, und auf seine dicken Wangen legte sich ein Gefühl tiefsten Mitleids mit Herrn Tanzmann.

Dieser aber eilte schnell zurück, in der Absicht, so lange zu warten, bis der Dicke in gehöriger Entfernung sei. Es ärgerte ihn, daß er dem Keuchenden nicht besser seine Verwünschung des Sees heimgezahlt hatte. Immerhin war es ein schöner Genuß gewesen, das Mitleid auf dem Gesichte des fetten Rentiers zu beobachten. Herr Tanzmann ging zur Linde zurück, lehnte sich von neuem an ihren Stamm und blickte auf die weite, weiße Wasserfläche des Sees.

Oktober.

Durch den Kiefernhochwald führte ein breiter Fahrweg. Dicke Ahornbäume, in regelmäßigen Abständen gepflanzt, zogen sich an den Rändern der Straße hin und bildeten mit ihrer milden, schwefelgelben Belaubung einen eigentümlichen Kontrast zu dem rauhen Grün der Nadelkronen. Die Frische des Herbstmorgens vereinte sich mit dem Duft des Waldbodens und dem Kiengeruche zu einem Hauche urwüchsiger Kraft, der wiederum in grellem Gegensatze stand zu dem Nebel, der die ganze Natur in einen ungewissen leichten Schleier hüllte und auf etwa hundert Meter Entfernung den Gesichtskreis mit einer dichten Wand versperrte.

Herr Tanzmann prüfte den Nebel mit durchdringendem Blick.

Es gibt hier zwei Möglichkeiten, sagte er zu sich. Entweder der Nebel steigt auf und verdichtet sich oben zu Gewölk, dann bekommen wir einen trüben Tag, oder er fällt als Tau herab, dann wird die Luft rein, und wir bekommen das herrlichste Wetter!

Und nun suchte er durch den Nebel hindurch ein Stückchen blauen Himmels zu erspähen. Wirklich schien es ihm, als ob die weiße Dunstmasse nach oben zu dünner wurde und einen flimmernden und bläulichen Widerschein erhalte. Und während nun Herr Tanzmann an dem taufrischen Grasrande des Weges entlang, an den gelbbelaubten Ahornbäumen vorüber, munter drauf los marschierte, wurde die Nebelschicht nach oben zu immer dünner und dünner, immer lichter und lichter. Allmählich konnte Herr Tanzmann direkt über sich kleine Flecken blauen Himmels erkennen, während die Sonne wegen ihres tiefen Morgenstandes noch ganz verhüllt war, denn in wagerechter Richtung wurde der fallende Nebel immer dichter und dichter; was er an Höhe verlor, gewann er an Undurchdringlichkeit. Herr Tanzmann konnte jetzt kaum zehn Schritt weit sehen, sein Horizont war so eng geworden, daß er nur ein Stück grau-braunen Weges, fünf Meter Grasrand, einen und einen halben Ahornbaum und sechs Kiefern, davon zwei auch nur zum Teil mit seinem Blicke umfassen konnte.

Wir gehen bösen Zeiten entgegen, seufzte Herr Tanzmann. Wir werden immer dümmer und beschränkter. Es liegt ein dichter drückender Nebel über dem Land, der jeden Blick nach vorwärts hemmt. O weh, man wird uns noch ganz die Augen verbinden!

Der Nebel wurde immer noch kompakter. Aber nun zeigte sich ein seltsames Naturspiel. Drüben in einiger Entfernung erblickte Herr Tanzmann plötzlich eine bewaldete Höhe, deren grüne Kiefern von ziemlich hellem Lichte bestrahlt waren. Er war einigermaßen überrascht. Hier unten alles in Nebel förmlich eingewickelt, daß man nur ein paar Schritte weit sehen konnte und da drüben, sicher nur eine halbe Stunde entfernt, dieser Hügel ganz deutlich sichtbar und dabei strahlend und heiter wie ein glücklicher Traum von Zukunft und Hoffnung. War es wirklich nur ein Traum, nur eine Vision? Herr Tanzmann litt nicht an Visionen, träumte nie, trank selten und war überhaupt nicht poetisch veranlagt. Die Sache war, wenn vielleicht auch selten vorkommend, doch ganz klar: Der Nebel war eben so weit gefallen, daß er sich nur bis zu einer geringen Höhe über dem Boden erhob. Alles was darüber hinausragte, war nebelfrei und auch für den sichtbar, der nahe genug war, um die Höhe noch in einem hinreichend großen Sehwinkel durch die nach oben zu nur wenig dicke Nebelschicht zu erblicken.

Jetzt aber ging überhaupt die Herrschaft des Nebels zu ende. Denn nun drangen auch die Strahlen der Sonne siegreich durch. Von ihr erwärmt, gingen die kleinen Nebelbläschen in dünne Wasserstäubchen über, die eine Zeitlang in der Luft umherwogten, und dann nach und nach zur Erde fielen. Und nun glänzte die Sonne am milden, blauen Oktoberhimmel, und die recht kühle Morgenluft erwärmte sich rasch. Am Grase des Wegrandes und des Waldbodens strahlte der Tau, und Habichtskraut und Glockenblumen öffneten ihre gegen die nächtliche Kälte zusammengezogenen Blüten von neuem der leuchtenden Sonne.

Dem Kiefernwalde sah man nur wenig die Spuren des Herbstes an. Hier und da freilich erinnerten die braunen Wedel des Farnkrautes, die roten Blätter an den Brombeersträuchern und das gelbe Laub einer Birke an die vorgerückte Jahreszeit. Aber im ganzen hatte er in dem Immergrün seiner Nadelkronen auch jetzt denselben Charakter unvergänglicher Frische, den er das ganze Jahr hindurch zeigt.

Das Bild der Natur änderte sich jedoch sofort, als die Straße den Wald verließ. Herr Tanzmann sah vor sich ein weites Gelände brauner Sturzäcker und lichtgrüner Saatfelder, auf denen der vor wenig Wochen gesäete Roggen eben in dünnen Halmen hervorgebrochen war. Das ganze Gelände lag ziemlich hoch, nur an einer Seite senkte es sich in sanftem Abhang nach Wiesen herab, deren saftiges Herbstgrün von schwarzen Torftümpeln unterbrochen war. Herr Tanzmann wandte sich auf einem Seitenwege nach diesem Abhange hin, wo inmitten von buntbelaubten Bäumen ein kleiner Hof sichtbar wurde. Herrn Tanzmann schlug das Herz etwas schneller, als er sich dem kleinen Hause näherte. Hier wohnte Frau Tanzmann, seine Mutter. Die Hütte sah noch immer so traulich aus wie früher, als er selbst hier wohnte. Das verhältnismäßig hohe Ziegeldach, die grünen Läden zur Seite der kleinen Fenster, die drei Sandsteinstufen vor der braunen Haustür, alles war wie früher. Vor dem Hause zog sich eine Mauer aus Findlingssteinen hin, die ganz mit purpurrotem wilden Wein umzogen war. Herr Tanzmann trat durch die kleine Holztür, die neben dem großen Tor lag, in den Hof, wo vor der Scheune und dem Stallgebäude Hühner, Gänse und anderes Federvieh sich tummelte. Ein großer schwarzer Hund kroch knurrend aus seiner Hütte und bellte den Ankommenden laut an, unterbrach sich jedoch schnell und machte mit den Beinen und dem Kopfe wiegende, bewillkommnende Bewegungen. Herr Tanzmann streichelte das Tier, um dann nach Dorfgebrauch durch die Hintertür in das Wohnhaus einzutreten. Frau Tanzmann war gerade in der Küche und schabte Mohrrüben. Als sie ihren Sohn bemerkte, fiel ihr das Messer aus der Hand, sie sprang auf und rief: »Herr Tanzmann, Du!«

Dann rannte sie an das Waschbecken, wusch die Hände, trocknete sie ab und streckte ihm dann die Rechte entgegen. Und während Herr Tanzmann sie herzlich begrüßte und sie fragte und auf sie einredete, sprach sie fast kein Wort, lief einmal zu ihren Mohrrüben, dann rückte sie ihre Blumentöpfe mit den Küchenkräutern am Fenster zurecht, dann stocherte sie mit dem eisernen Haken in dem Feuer der Maschine herum, aus dem ein gemütlicher Torfgeruch hervorstieg. Herr Tanzmann kannte sie, sie war in voller Aufregung, und man mußte ihr Zeit lassen, um ihres Gefühles der Freude, die sie nicht ausdrücken konnte, mit diesem seltsamen Gebaren Herr zu werden. Er wußte aber, wie ihr am besten beizukommen war. Er wies auf die Kartoffeln hin, die in einem Korbe neben dem Küchenspind standen.

»Na, sind die Kartoffeln alle ausgebuddelt?«

»Ja,« sagte sie, »damit sind wir schon lange fertig.«

»Diese hier sind nicht schlecht; sind sie alle gut geraten?«

»Es könnte schon besser sein,« antwortete sie. Sie gehörte zu denen, die niemals zugeben, daß etwas gut ist, wohl aus Besorgnis, daß sie es »berufen« könnte. Herr Tanzmann mußte deshalb fragen:

»Waren viele faule darunter?«

»Das ja gerade nicht,« meinte sie.

»Sind viel kleine dabei?«

»Ach, das nun gerade auch nicht.«

Herr Tanzmann schloß daraus, daß ihre Kartoffelernte vorzüglich gewesen fein mußte.

Dann kam er auf die Runkelrüben zu sprechen, wobei seine Mutter von einer völligen Mißernte sprach. Durch Kreuz- und Querfragen erfuhr er aber, daß nur das Kraut durch einige Septemberfröste etwas beschädigt worden war. Mit den Pflaumen war sie auch nicht zufrieden, die wären alle madig gewesen. Doch mußte sie auf Herrn Tanzmanns geschickte Fragen zugeben, daß sie ein paar Zentner mehr verkauft hatte als andere Jahre und daß sie einen recht annehmbaren Preis bekommen hatte. Bei diesen Gesprächen aber wurde sie zusehends munterer und lebendiger, denn nun sah sie, daß ihr Sohn in der Stadt nicht hochmütig geworden war und noch ein Interesse für Kartoffeln, Runkelrüben, Hof, Garten und Feld bewahrt hatte. Trotzdem guckte sie ihn noch manchmal mißtrauisch an und einmal nahm sie ihn zur Seite und sagte leise:

»Du, Herr Tanzmann, Du kannst mir's offen eingestehen: Kommst Du noch manchmal heraus aus Berlin... ins Freie?«

Als ihr Sohn ihr nun feierlich versichert hatte, daß er noch der alte Sonntagswanderer sei wie immer, war sie zufrieden und nun plauderte sie weiter über allerlei. Herr Tanzmann ging in Haus und Hof umher, um alles zu besichtigen. In der guten Stube trug sie ihm dann ein Frühstück auf, alles Produkte ihrer Wirtschaft: Bauernbrot, das sie selber gebacken, Butter und Käse von ihrer Kuh, sodann Rettige und ein Glas Johannisbeerwein, den sie so köstlich bereitete. Und während Herr Tanzmann mit dem Appetit aß, der ihm eigen und durch die Wanderung noch verstärkt war, zeigte sie ihm ihre Zimmerblumen, Palmen, Kakteen und blühende Gewächse aller Art, von denen sie die meisten selber aus Samen gezogen hatte. Dann gingen sie hinaus in den großen Garten, ein Mittelding zwischen Nutzland und Wald. Denn Frau Tanzmann, in ihrer Liebe für die Natur, hatte von jeher eine Leidenschaft gehabt, die verschiedenartigsten Pflanzen, Bäume, Sträucher, Blumen, Nutzgewächse in ihrem Garten anzusiedeln, und so lagen regelmäßige Gemüserabatten neben Blumenrondells, ein dichter, etwa einen Morgen umfassender Laubwald erhob sich inmitten von Grasflächen, Obstbäume wechselten ab mit wilden Strauchgruppen.

Jetzt prangte der Garten in den prächtigsten bunten Farben des Herbstes. Vorn in der Nähe des Hauses blüten noch die Spätlinge der Blumenwelt, duftende Levkojen, gelbe Ringelblumen und hohe buschige lilafarbige Herbstastern. Dann kamen große Beete Sonnenblumen, die ihre gebräunten Riesenköpfe senkten. Frau Tanzmann zog sie der Kerne wegen, mit denen sie ihre Hühner fütterte. Jetzt naschten bereits Spatzen und Meisen von den ölhaltigen Samen der Blumen. Die Gemüsebeete waren bereits leer und zum Teil umgegraben, nur der Grünkohl, Rosenkohl und Sellerie grünten noch in regelmäßigen Reihen. Hinter der Scheune, deren nach Süden gerichtete Wand mit Wein überzogen war, befand sich ihr »Treibhaus«. Hier in diesem Winkel, der vor rauhen Winden geschützt war, und zu dem die Sonne den ganzen Tag über ihre Strahlen niedersenden konnte, herrschte jederzeit eine um mehrere Grad höhere Temperatur als im übrigen Garten. Hier standen Pfirsich- und Aprikosenbäumchen noch im fast vollen grünen Schmucke ihrer Blätter, hier befanden sich einige Apfelpyramiden, voller herrlicher großer Früchte, hier prangten noch knallrote Tomaten an ihrem etwas durch die Kälte verunzierten Kraut, hier wuchsen Artischoken, Eierpflanzen und andere Kinder eines südlichen Klimas, die hier in diesem warmen Winkel recht gut gediehen. Sogar einige Tabakpflanzen bemerkte Herr Tanzmann hier. »Na, na, Mutti,« sagte er lächelnd, »Du rauchst wohl gar neuerdings?«

»Ei behüte und bewahre!« rief sie entsetzt. Und sie entschuldigte sich lange und bemühte sich, ihm klar zu machen, daß sie die Pflanzen »man nur so wachsen sehen möchte.« So mußte sie sich oft entschuldigen, denn ihre Freundinnen vom nahen Dorfe, die sich häufig bei der erfahrenen Frau Rat holten oder ihr Gesellschaft leisteten, wollten freilich nichts gelten lassen, als was Nutzen brachte. Herr Tanzmann streichelte ihr sanft die Wange und sagte:

»Mutterchen, bei mir brauchst Du Dich nicht zu entschuldigen, Dein Sohn ist ein so kurioser Kerl, daß er oft meilenweit rennt, um irgend ein schäbiges Unkraut zu sehen.«

»Na ja, ich kenn' Dich ja,« sagte sie. »Ich will Dir aber eine Lehre geben, Herr Tanzmann: Man lernt in der Natur nie aus, ich nicht und Du nicht!«

Sie wandten sich nun dem Teil des Gartens zu, der mehr einer waldigen Landschaft glich, aber einer Landschaft, die die Kennzeichen der verschiedensten Gegenden in sich vereinigte. Da kamen sie an einer großen Buschgruppe vorüber, in der die verschiedenartigsten Herbstfarben, gleichsam vereint, einen wunderbaren Effekt machten. Das feuerrote Laub der amerikanischen Scharlacheiche vermischte sich mit dem hellen Gelb einiger Ulmen und dem Braun eines breitkronigen Kastanienbaumes, und darunter bildeten Hartriegel mit dunkelviolettem Laub, eine Oelweide mit silbergrauen Blättern und Essigbäumchen mit rot-gelb-grün changierendem Laube ein farbenfreudiges Buschwerk. Trotz der schillernden Buntheit hatten die Farben dieser Blätter doch jene milde weiche Nuancierung, die das Herbstkolorit zum Ausdruck des ruhigen Entsagens, des wehmütigen Hinsterbens macht...

Frau Tanzmann ging mit ihrem Sohne weiter durch einen kleinen Birkenhain. Die weißen Stämme der schlanken Bäume reckten sich, oft wunderlich gebogen, hinauf in den blauen Oktoberhimmel, und das zierliche gelbe Laub umfing ihre Zweige wie in gebrochener Kraft.

»Du warst lange nicht hier, Herr Tanzmann,« sagte sie. »Wirst Du nicht einmal wieder ganz zurückkehren hierher zu mir, mein Sohn?«

»Ich weiß es nicht,« sagte er trübe. Und er dachte an die Stadt, an deren Steinmauern er nun einmal gebunden war. Vielleicht würde er doch einmal zurückkehren, später, später, wenn er einmal gefunden, was er suchte. Dann würde er zu diesem stillen Frieden zurückkehren. Aber jetzt, jetzt suchte er keinen Frieden.

Sie setzten sich beide auf eine Bank unter einem alten Haselbusch, und während sie ihm von all den lieben Stätten des Gartens erzählte, die er von Kindheit an kannte, sah er gedankenvoll zu, wie drüben ein Blatt von einem Birkenzweige sich loslöste, wie es in langsamem Falle in der Luft umherwirbelte und sich überschlug, wie es dann ruhig herabschwebte und lautlos niedersank ins dürre Gras.

November.

Der Himmel war mit einer gleichfarbig grauen Wolkendecke behängt. Die Sonne war unsichtbar und nicht der leiseste Schein von Helligkeit verriet ihren Stand. Es herrschte ein bleiernes trübes Wetter und die Luft war rauh und ein wenig feucht. Herrn Tanzmanns Ohren wurden rot, er rieb sie aber von Zeit zu Zeit, so daß das Blut in ihnen in Bewegung kam und der Kälte von außen eine um so größere Wärme von innen entgegensetzte. Herr Tanzmann marschierte ganz unwillkürlich etwas schneller als gewöhnlich.

Der Weg führte durch eine langgestreckte Ortschaft, die jetzt, wo die Bäume ihres Blätterschmucks beraubt waren, einen recht ärmlichen Eindruck machte. Die kleinen Dorfhäuser und die strohgedeckten Scheunen lagen unfreundlich da in der düsteren Umrahmung schwarzer Bäume, deren kahle Zweige sich in vielgliedriger Verästelung in die trübe Luft ausbreiteten. Die Gärten waren bedeckt mit buntfarbigem Laube, man konnte noch ganz gut die orangeroten Blätter der Sauerkirschen von den gelben und grünlichen der übrigen Obstbäume unterscheiden. Auch der schmutzige Dorfweg mit seinen nassen Rinnen von Wagengeleisen war hier und da mit einem bunten Teppich von Laub bedeckt. Hier herrschten die verschrumpften grünlichen Fiedern der Akazien und die braunen Blätter der Kastanien vor. Herrn Tanzmanns Fuß raschelte durch das aufgehäufte Laub, so daß er eine Schar Spatzen aufscheuchte, die in einer Bocksdornhecke gesessen hatten und nun in das leere Geäst eines krummen Pflaumenbaumes flogen. An derselben Hecke schlich sich eine Katze auf leisen Sohlen hin, sie hatte es ohne Zweifel auf eine der kleinen Kohlmeisen abgesehen, die in dem Dorngestrüpp ein ziemlich sicheres Versteck hatten. In der Nähe des Gasthofes bildete das Regenwasser einen kleinen Tümpel, der von einem Volk Gänsen als Badeplatz benutzt wurde. Hier erweiterte sich die Dorfstraße zu einem Platz, in dessen Mitte eine »Friedenseiche« sowohl wegen ihrer diebessicheren Umzäunung als auch wegen ihres dichten erdbraunen Laubes in die Augen fiel.

Die Dorfbewohner hatten sich bereits auf die Winterkälte vorbereitet. Die Brunnenrohre waren mit Stroh umwickelt und um die Grundmauern der Häuser lag ein dicker Wall von welkem Kartoffelkraut, der die Kellerfenster verhüllte und den Frost von den Wohnungen abhalten sollte. Aus den Schornsteinen der kleinen einstöckigen Wohnhäuser drangen schwarze Rauchwolken, deren anheimelnden Torfgeruch Herr Tanzmann mit Wohlgefallen aufnahm. Der Rauch zerteilte sich und schwebte zum Erdboden herab, die Luft war zu stark mit Wasserdampf erfüllt, als daß er in ihr hätte emporsteigen können. Sie war so trüb, daß den ganzen Tag über eine unveränderliche fahle Dämmerung herrschte. Die hellsten Farben erschienen Herrn Tanzmann heute matt, selbst die milchweißen Fruchtkügelchen, mit denen die Schneebeerensträucher eines Bauerngartens behängt waren, konnten heute keine Kontrastwirkung mit ihrer Umgebung hervorrufen.

Es steckt etwas verdammt Trübes in so einem Novembertage! sagte der Wanderer zu sich. Es ist weder der farbenbunte milde Herbst noch der markige robuste Winter. Es ist keine Melancholie und keine Strenge, der November hat etwas Schleichendes, Finsteres, er ist rauh und unwirsch und unendlich trüb wie der Tod!

Herr Tanzmann verließ das Dorf und wanderte auf ebenem, sandigem Wege dahin, dessen Seiten durch Reihen von Hängebirken bezeichnet waren. Die dünnen Zweige der Bäume fielen malerisch wie Haarsträhne von den Aesten herab, und während diese und der Stamm mit schneeweißer Rinde bedeckt waren, hatten die Zweige einen blassen karminroten Schein. Die Gegend war ziemlich unfruchtbar, es waren sehr sandige Aecker, die zum Teil die grauen Ueberreste der Lupinen trugen. Ein Teil lag auch vollständig brach und war bedeckt mit den rotangelaufenen Rosetten des Reiherschnabels, der auch jetzt noch nicht müde geworden war, seine kleinen rosaroten Blüten emporzuschicken. Wenige Aecker waren auch mit Roggen besäet, der, obwohl schlecht aufgegangen, doch bereits schöne grüne Flächen bildete. Trotzdem blieb die Gegend armselig, wer hier den Acker bebaute, der mochte wenig Freude an ihm haben. Von Zeit zu Zeit tauchten einige Krähen auf, deren heiseres Schreien die Luft durchdrang. Bisweilen ließ sich eine auf dem Ackerlande nieder und watschelte ziemlich unbeholfen und langsam über den Boden hin. Bedeutend flinker waren die niedlichen Haubenlerchen, die wenige Schritte vor Herrn Tanzmann quer über den Weg trippelten. Sie rannten mit ihren kurzen Beinchen so geschwind, daß man sie nur in schnellem Laufe eingeholt hätte. Sie erregten sogar den Neid des Herrn Tanzmann, der sich auf seinen schnellen Schritt etwas einbildete und mit dem niemand auf die Dauer gehen konnte, ohne sich die Schwindsucht anzulaufen.

Im Weitergehen hatte der Wanderer die immerhin seltene Gelegenheit, einen lebenden Maulwurf zu beobachten. Es war nicht recht ersichtlich, wieso das lichtscheue Tier an die Oberfläche der Erde gelangt war. Möglicherweise hatte es den finsteren Tag für eine Fortsetzung der Nacht angesehen. Jedenfalls bemerkte es Herr Tanzmann, als es gerade im Begriffe war, sich wieder in die Erde einzuwühlen. Es schob sich scharrend so schnell hinab in den Sand, daß es im Nu verschwunden war. Herr Tanzmann jedoch war rasch am Werk, er spießte seinen Spazierstock an der Stelle, wo das Tier wühlen mochte, in die Erde, bog ihn zur Seite und grub den Maulwurf auf diese Weise wieder aus. Dieser war jedoch mit der neuen Situation keineswegs zufrieden, sondern trachtete augenblicklich danach, sich wieder in die Erde hinein zu wühlen. Mit seinen Vorderbeinen, die zu kurzen breiten Grabschaufeln umgestaltet waren, mit dem spitzen Rüssel, dem kurzen halslosen Kopf bohrte sich der Maulwurf wie ein Keil in den Boden. Herr Tanzmann sah dem Treiben des schwarzen Tieres mit Interesse zu.

Das ist auch so ein alter Wühler, dachte er, den sie überall mit blinder Wut verfolgen. Wie soll er denn den Boden von Ungeziefer säubern, wenn er ihn nicht hier und da unterminiert? Aber sie haben immer den Wühler gehaßt wegen der paar unschuldigen Zerstörungen, die er anstiftet; daß aber ihre ganze Saat und Ernte ohne ihn von Engerlingen, Schnecken und anderem Geschmeiß vernichtet würde, das vergessen sie ihm, die Undankbaren.

Von neuem grub er den Maulwurf aus der Erde heraus, aber es war unmöglich, ihm eine nach oben gerichtete Gesinnung beizubringen. Sofort strebte er mit der Hartnäckigkeit des Fanatikers danach, seine Wühlarbeit fortzusetzen. Er dachte gar nicht daran, wegzulaufen oder kraftlos den Widerstand aufzugeben, sondern streckte sofort den Rüssel und die Grabfüße scharrend in den Boden. Herr Tanzmann grub ihn dreizehn Mal wieder aus und dreizehn Mal bohrte sich das Tier mit derselben Ausdauer in den Sand. Das Merkwürdige dabei war, daß sein schwarzes sammetnes Fell bei diesen Prozeduren nicht den geringsten Schmutzfleck zeigte. Aeußerlich und innerlich unantastbar ging der Maulwurf aus dieser strengen Prüfung hervor. Herr Tanzmann zog den Hut vor ihm – freilich nicht tief, weil es kalt war – und ging zufrieden weiter.

Der Birkenweg führte an einer ziemlich kreisrunden Erdvertiefung vorüber, die, plötzlich mitten in der Landgegend, den Eindruck eines künstlich gegrabenen Kessels machte. Sie mochte wohl etwa 30 Meter im Durchmesser haben, und da ihre Ränder ringsherum dicht mit Bäumen bestanden waren, so war sie schon von weitem bemerkbar gewesen. Jetzt sah Herr Tanzmann, daß dieser Kessel einen märkischen »Puhl« darstellte, einen kleinen Sumpf, der, von steilen Wänden eingefaßt und etwa drei Meter unter dem Ackerland gelegen, mit Sumpfgewächsen überzogen war, mit gelbgrünem Sumpfmoos und immergrüner Andromeda und Torfbeere. Direkt am Ufer wucherten Erlen und Faulbaum, während weiter oben auf trocknerem Sande Haselsträucher, Ebereschen, Weißdorn und Espen wuchsen. Auch ein paar Spindelbaumbüsche standen da und gewährten mit ihren karmoisinroten geöffneten Samenkapseln, aus denen die dottergelben Körner hervorleuchteten, einen effektvollen Anblick. Wie kam aber diese Erdsenkung überhaupt in diese ebene Gegend? Künstlich angelegt konnte der Kessel nicht sein, als Lehmgrube war er zu groß und zu gleichmäßig, und was sollte er sonst für einen Zweck haben? Es mochte also wohl eine jener Spuren der Eiszeit sein, ein »Riesentopf«, wie ihn das Gletschereis der Alpen in den Boden bohrt und wie es jene vorzeitlichen Eismassen ebenfalls getan haben mögen.

Das heißt, sagte der Wanderer zu sich, wir waren nicht dabei, Herr Tanzmann, als das geschah, und die Gelehrten auch nicht. Aber möglich ist es schon, und so lange wir keine andere Erklärung haben, müssen Sie sich eben damit bescheiden, Herr Tanzmann.

Damit verließ er den Sumpf und ging auf dem Birkenwege weiter. Nach einiger Zeit verloren sich die Bäume, und der Weg wurde breiter und noch sandiger als zuvor. Der Boden nahm immer mehr den Charakter der Steppe an. Hier hatte kein Pflug mehr das Erdreich umgestürzt, hier wäre jede Aussaat verloren gewesen. Auf dem dürren, mit kleinen Kieseln durchsetzten Lande standen die Reste einer armseligen Steppenvegetation. Die leeren, kurzen Halme des Keulengrannengrases gaben dem Boden einen schmutzig gelben Ueberzug. Und so weit das Auge des Wanderers an diesem trüben Tage reichte, so weit war diese trostlose dürre Steppe ausgebreitet. Hier und da stand ein einzelner verkrüppelter und zwerghafter Kiefernbusch, der wie ein düsterer Schatten über diesem öden Lande zu lagern schien. Weiterhin wurde die Bodendecke ganz und gar schwarz, ein steinkohlenfarbenes Schwarz, das von einem dürren Moos herrührte. Wie ausgebrannt erschien die ganze Oberfläche des Landes, so düster und traurig, als ob hier die Natur ein Bild hoffnungsloser Verlassenheit hätte malen wollen. Diese schwarze Wüste war von einem fast unpassierbaren Sandwege durchschnitten, es war einer jener unglücklichen Wege, die sich wider den Willen der Passanten bilden. Jeder suchte ihm zu entfliehen, indem er möglichst am Rande auf dem Moose ging, aber weil nun jeder auf die Ränder trat, waren auch diese bald abgelaufen und der lockere tiefe Sand kam hervor, in dem das Fortkommen eine fürchterliche Anstrengung war. Und so mieden die neuen Passanten immer wieder den Sand und gingen an den neuen Rändern hin, und so wurde der Weg breiter und breiter. In der Mitte freilich, in der keines Menschen Schritt mehr, selbst kein

Wagen mehr den Boden bewegte, siedelte sich von neuem das Moos an. Dadurch entstanden parallele Wege, und jeder einzelne hatte wieder dasselbe Schicksal. Und so bildete diese Straße ein verwickeltes System von Wegen mit allerhand Verzweigungen, Verschmälerungen und Verbreiterungen. Herr Tanzmann vergegenwärtigte sich im Geiste die Geschichte dieses Weges. So lange Menschen diese unwirtliche Steppe durchlaufen und durchfahren mußten, mochte dieser Kampf herrschen mit dem Wege, der anderwärts ein Freund des Menschen, hier seine Last und sein Fluch war. Aber diese unglückliche Sandstraße stimmte ganz zu der einförmigen traurigen Landschaft, zu der schwarzen Steppe, die an dem rauhen, trüben Novembertag trostloser war denn je. Herr Tanzmann wanderte nachdenklich über das dürre Moos. Der Tag wurde immer trüber. Schon jetzt gegen 4 Uhr kam die Abenddämmerung. Und es dauerte nicht lange, so breitete sich das Dunkel der Nacht über die schwarze Steppe.

Dezember.

Es war ein kalter, aber lachender Wintertag, an dem Herr Tanzmann durch die Parkanlagen einer kleinen Stadt dahinschritt. Die sorgfältig instand gehaltenen Wege waren festgefroren und die Blätter, die den Rasen bedeckten, waren mit einem leichten, kaum sichtbaren weißen Reif überzogen. Sie bildeten einen bereits verblichenen bräunlichen Teppich, aus dem sich ein Gewirr von Büschen und Bäumen mit kahlen schwarzen Aesten erhob. Obwohl sie jetzt blätterleer waren, erkannte Herr Tanzmann doch mit leichter Mühe die Buchen mit ihrem schönen, großen, silbrig grauen Stamm, die Pappeln, deren Rinde nach der Krone zu ein trübes Weiß zeigte, die Birken, deren schneeweiße Stämme weithin leuchteten. Er erkannte aber auch die Eiche an ihrer knorrigen Gestalt, an ihrer dicken, rissigen Borke, die Akazien an ihrer eigenartig schräg gefurchten Rinde und an ihren dunkeln Samenhülsen, die Linden an ihren braunen Deckblättchen, aus deren Mitte die runden Fruchtkörner herabhingen. In den Anlagen waren aber auch viele ausländische Bäume angepflanzt, solche aus Nordamerika, aus Sibirien und aus dem nördlichen China und Japan, die um so besser gediehen, je mehr das Klima ihrer Heimat dem norddeutschen glich.

Wie abwechslungsreich der Park nun aber infolge dieser verschiedenartigen Bäume und Sträucher auch war, so vermißte das geübte Auge des Wanderers doch die wunderbare Harmonie, die nur die Einheitlichkeit einer natürlichen Landschaft geben kann. So gern er sich diese Pflanzen aus fernen Ländern einmal ansah, so war ihm doch eine solche Zusammenwürfelung der verschiedensten Länder nicht sehr sympathisch. Es ärgerte ihn, daß eine alte Eiche ihre knorrigen Aeste zwischen die glatten Zweige eines chinesischen Götterbaumes schob, dessen noch hellgrüne Zweigspitzen erfroren waren, weil sie sich offenbar an den schnellen Eintritt der deutschen Winterfröste nicht hatten gewöhnen können. Um den Stamm einer Erle schlang sich der kanadische Baumwürger, und dieser Wucherstrauch aus Nordamerika hatte den europäischen Baum so gründlich umarmt, daß dessen Krone bereits zu verdorren begann.

Na ja, sagte Herr Tanzmann, das kommt davon, wenn man der Natur Gewalt antut und ihre Kinder hierhin und dorthin kommandiert, ohne sich um ihre Lebensinteressen zu kümmern. Die Sache rächt sich eben, entweder gleich oder später.

Auch sonst konnte Herr Tanzmann in dem Park vielfach beobachten, daß der Sinn für Natur in unserer Zeit noch wenig erstarkt war und daß eintönige Künsteleien der reichen Mannigfaltigkeit des Lebens vorgezogen wurden. Da waren weite Rasenflächen auf hohen Bodenlagen, wo in der Natur sich nie dieser Graswuchs hätte entwickeln können. Da waren hier und da Druckständer angebracht, um den Rasen künstlich zu bewässern. Zwar jetzt im Winter hatte diese unnatürliche Wiese eine gelbliche Färbung, und der Graswuchs war niedrig wie auf allen Wiesen, aber es herrschte hier doch eine solche Gleichförmigkeit der Grashalme, die in ödem Gegensatze stand zu dem Reichtum der Naturwiese, auf der auch im Winter sich die mannigfaltigsten Formen von Gras- und Staudenarten abhoben. Am auffälligsten freilich fand Herr Tanzmann die Unnatur dieser Rasenfläche im Sommer, wo sie jederzeit kurzgeschnitten und immerzu in derselben grünen Farbe schimmerte, ohne je den Charakter der Jahreszeit wiederzuspiegeln.

Und wie Herr Tanzmann den Park weiter durchwanderte, an Fontänen vorüberkam, die jetzt nicht sprangen, weil es im Winter nicht lohnte, sie in Gang zu erhalten, an einer Unmasse von Strohpuppen und Holzkästen, unter denen die nicht winterharten exotischen Pflanzen festverpackt ruhten, an Brücken über wasserleere Bäche, da hatte er den unangenehmen Eindruck, daß auch diese Kunst, die Kunst, Landschaften zu gruppieren, sich vom Leben und Volke entfernt hatte, wie viele anderen Künste, und daß sie herabgesunken war zu einer geistlosen Dekoration, zu einem eleganten Salon, in dem sich die elegante Welt ergehen konnte.

Der Park ging allmählich in einen hohen Buchenwald über. Hier wurde Herrn Tanzmann wieder wohl. Er schüttelte sich und sprang sechzig Zentimeter hoch in die Lust und schlug dann mit seinem Stock in das raschelnde Laub, daß die Blätter wirr umherflogen. Die Wintersonne lachte am weißlich-blauen Winterhimmel. Ihre Kraft war zwar nicht groß genug, um den starr gefrorenen Boden auch nur einigermaßen zu erweichen, aber ihre Strahlen milderten doch die Strenge der klaren Luft. Selbst unter der dichten Decke, die das rostbraune Buchenlaub über den Boden breitete, war die Erde gefroren. Es lag eine heitere Ruhe über diesem Walde, wie aus dem rostfarbenen Grunde die silbergrauen glatten Buchenstämme gleich gewaltigen runden Säulen ohne jede Verästelung in die Höhe strebten. Erst hoch oben, gewissermaßen nach langer, solider Arbeit, breiteten sie behaglich ihre Aeste und Zweige nach allen Seiten aus. Unter den Buchen konnte kein Unterholz aufkommen, aber gerade hier bei diesen Baumriesen vermißte man es nicht, die Eintönigkeit dieses Hochwaldes mit seiner rostbraunen Decke und seinen silbergrauen Stämmen hatte etwas feierlich Erhabenes. Herr Tanzmann wanderte lange in dem Walde umher und ließ die Kraft auf sich wirken, die von diesen starken, stolzen Bäumen ausging. Dabei herrschte eine absolute Ruhe in diesem Walde, nur das Laub raschelte unter des Wanderers Tritten. Bisweilen vernahm er ein Knarren, wenn zwei Aeste im leisen Windzug sich gegen einander rieben. Einmal hörte Herr Tanzmann einen lauten plärrenden Vogelschrei, den er zunächst einer Elster zuschrieb. Er stand einen Augenblick still und gewahrte, wie ein Holzhäher nahe über ihm vorbeiflog. Er konnte den schönen Vogel gut beobachten, an seinem grauen Gefieder stachen die hellblauen Flecken leuchtend hervor. Noch lange, nachdem der Häher verschwunden war, konnte Herr Tanzmann die Stimme des geschwätzigen, zänkischen Vogels vernehmen. Dann war es wieder still.

Nach einiger Zeit gelangte Herr Tanzmann an einen kleinen Fluß, dessen Ränder mit dicken ins Wasser hinabhängenden Eisschollen überzogen waren. Seine Ufer waren mit Erlen und Weiden dicht besetzt, denen sich hier und da ein Gebüsch von Hollunder, Faulbaum und Wildrosen anschloß. Die Erlen waren mit schwarzen Samenkätzchen dicht behängt, und die schlanken Zweige der Weiden leuchteten in einem hellen rötlichen Gelb. In diesem Uferbuschwerk trieben sich eine Menge Vögel umher. Besonders die Meisen führten ein lebhaftes Spiel auf. Die verschiedenen Arten, die gelb und schwarz gefärbten Kohlmeisen, die niedlichen Blaumeisen und die unscheinbaren Sumpfmeisen mit ihrem schwarzen Kopfe wetteiferten mit einander an Beweglichkeit und Seiltänzerkunststückchen. Die flinkesten waren aber die Sumpfmeisen, die nicht einen Augenblick ruhig sitzen konnten. Sie waren in ewiger Bewegung, hüpften von Ast zu Ast, schaukelten sich in den dünnsten Zweigen und drehten sich an ihnen nach allen Richtungen, so daß mitunter die Beine nach oben und der Kopf nach unten hingen. Selbst wenn sie eine Portion Insekteneier an der Rinde eines Astes entdeckt hatten, pickten sie die Mahlzeit unter stetem Wiegen und Schaukeln ihres kleinen luftigen Körpers aus.

O je, wenn Sie ein Vöglein wären, Herr Tanzmann! sagte der Wanderer zu sich. Sie würden gewiß nicht jeden Winter hier bleiben, sondern öfters mal nach dem Süden ziehen, wie die Buchfinken, die auch mitunter wandern und mitunter nicht. Freilich, jeden Winter weg wie die Schwalben, nein, das auch nicht. Sie würden den Tropenkoller bekommen, Herr Tanzmann, und übermütig werden. Nein, nein, für uns Nordländer ist so eine Abkühlung von Zeit zu Zeit unentbehrlich!

Er schritt weiter an dem Ufergebüsch entlang. Der Himmel hatte sich allmählich mit einem trüben Schleier umzogen, hinter dem die Sonnenstrahlen nur noch verschwommen hervorblicken konnten. Die Vögel im Untergebüsch wurden stiller und verkrochen sich. Doch auf dem Flusse flog dicht über dem leichten Wellengekräusel ein Sägetaucher dahin. Mit seinen weißen Schwingen weit ausgreifend, suchte er die Wasserfläche ab, um irgend einen Fisch zu erspähen. Jetzt mochte er eine Beute entdeckt haben, mit einem Ruck ließ er sich senkrecht aufs Wasser herab, verschwand in demselben und kam erst ziemlich lange danach wieder an die Oberfläche. Herr Tanzmann konnte aus der Entfernung nicht genau erkennen, ob der Vogel etwas erbeutet hatte, jedenfalls schwamm er eine Weile auf dem Wasser, um dann wieder aufzufliegen und sein Spiel von neuem zu beginnen.

Jetzt erhob sich ein Wind und brachte von Norden her ein niedrig ziehendes, schweres, bleigraues Gewölk.

Es riecht nach Schnee, meinte Herr Tanzmann.

Früh war Ostwind gewesen, nun hatte er sich nach Norden zu gedreht. Die Sonne verschwand ganz und gar, und eine gleichfarbig graue, alles einhüllende Wolkenmasse legte sich über die Erde. Jetzt fielen bereits einzelne kleine Schneeflocken, vom Winde umhergetrieben, es wurden ihrer aber mehr und mehr, und schließlich kamen sie in endloser wirbelnder Masse, um lautlos auf den Boden zu fallen, die Blätter zu bedecken, die Zweige und Aeste der Bäume, die Kleider des Herrn Tanzmann, die Eisschollen am Rande des Flusses. Nur das Wasser nahm die Flocken in sich auf und ließ sie in sich verschwinden. Aber auf dem Lande sammelte sich der weiche, lose Schnee unglaublich schnell an, in kurzer Zeit bedeckte er den Boden in einer Höhe von mindestens zwanzig Zentimetern.

Herr Tanzmann stapfte etwas mühsamer als vorher, aber wohlgemut dahin. Das Ufergebüsch, der Fluß, an dem in etwa halbstündiger Entfernung die kleine Stadt liegen mußte, zu der er zurückkehren wollte, würden ihm leicht den Weg zeigen, obwohl er in dieser Gegend noch nicht gewesen war. Er verkannte keineswegs die Gefahr, die dem Menschen droht, wenn er in unbekannter Gegend von einem Schneewetter überfallen wird. Er kannte genug Beispiele, wo selbst Briefträger und Botenfrauen, die doch ihren Weg genau kannten, bei Schneestürmen umgekommen waren. Er wußte, wie sehr sich die Gegend infolge von hohem Schnee verändert, wie alle Wege verschwinden, wie man jeden Anhaltspunkt, jede Richtung verliert, die man doch so genau zu kennen glaubte. In finsterer Nacht vollends, wo man sich selbst auf einer Chaussee nicht von einem Baum zum andern findet, ist die Situation am unheimlichsten.

Und dazu der hohe Schnee, aus dem man sich bei jedem Schritte mühsam erhebt, um dann von neuem in ihm zu versinken, bis man in Schweiß gerät, die Beine schlaff und schwer werden und eine unsägliche Müdigkeit den ganzen Körper ergreift. Wie einen dann die Angst packt und dann die Verzweiflung, wie der Schweiß erkaltet, die vom Schnee durchnäßte Kleidung kalt und steif wird und man voraussieht, daß man es nicht lange mehr treiben wird, wenn nicht ganz plötzlich die Rettung irgend woher kommt, – Herr Tanzmann hatte es selbst schon durchgemacht, darum erinnerte er sich dessen jetzt sehr lebhaft.

Zum Glück war er damals gerettet worden, sonst lebte er ja jetzt nicht mehr. Als aber jetzt der Schnee immer höher wurde und der Wind die ganzen Flocken vom Fluß her auf dem Weg zusammenhäufte, den er gehen mußte, da wurde ihm die Arbeit des Laufens bereits etwas sauer. Diesmal sollte ihm indes nicht lange das Leben schwer gemacht werden. Er wollte bereits seine Lippen zu einem inbrünstigen Fluche öffnen, da ließ der Schneefall nach, die Wolken zogen sich zusammen, und es hellte sich wieder auf. Sogar die Sonne ließ es sich nicht nehmen, noch einmal unseren lieben (?) Herrn Tanzmann zu bescheinen und ihm die Freude zu bereiten, eine echte Winterlandschaft zu bewundern, eine weite glänzende Schneedecke, aus der die schwarzen Baummassen ihre weißbedeckten kahlen Aeste emporstrecken.